《主人》丛书·

最美街区

上海特色商业街区探寻

《主人》编辑部 编

上海三联书店

序 言

繁荣的商业街区是一座城市繁华的象征。当我们提起某些有特色的商业街区时，相伴而来的就是对该城市或凝重、或浪漫、或明快等印象的联想。

城市的"性格"中有一些东西是不能失去的，否则城市的品位就会大打折扣。这些"性格"具体表现在分布于城市各个角落的商业街区上，正是那些代表城市的商业街区，用其独具一格的风韵，书写着一座城市的性格与气质。

不同地域的自然环境、文化以及社会经济的发展，孕育出不同的商业氛围。各具特色的商业氛围又造就了性格迥异的商业街区。如：纽约第五大道、东京银座、香港铜锣湾……

放眼世界，任何一条特色商业街区的发展，都离不开历史、文化的繁衍和传承。如：巴黎香榭丽舍大道周边，电影院、表演秀、美食店云集；伦敦牛津街的后街群，与主街一道构成零售业态的垂直分布，成为涵盖大众品牌、高端轻奢品牌、一线奢侈品牌在内的梯度化品牌组合。

上海因商而兴，曾经有许多特色马路，如销售丝绸服装的彩衣巷，销售腌制食品的咸瓜巷、火腿弄，销售食糖的糖房弄，销售鲜肉的杀猪弄，还有集中于董家渡、新闸路一带的铁铺、冶坊等。至今，商业仍是上海最优质基因之一。

提到上海的商业街区，或许人们最先想到的是驰名中外的南京路、淮海路。其实，很多隐藏在角落里的老旧街坊、年轻小镇，更能体现上海这座城市的风采与精髓：不论是城隍庙的亭台楼阁，南书房的古桌旧意，武康路、安福路的老洋房，田子坊、衡山坊、愚园路上的一家家小店，还是迪士尼小镇旁星愿湖上"飘"来的巨型"唐老鸭"，都给来自世界各地的游客以及城市居民带来了更多的选择与乐趣。

正在打造国际化大都市的上海，不仅需要世界级的商圈商街，还需要一批能够承载海派文化的特色商业街区。

基于此，2015年，上海市商务委员会推选出了65个上海特色商业街区，2016年有所增补。目前，申城共计有67个特色商业街区。

这些特色商业街区，传承有根、文化有脉、商业有魂，体现了上海更文化、更场景、更体验、更快乐的现代商业模式。

这些特色商业街区，犹如城市的一个个窗口。其中，老商业街区作为历史的见证，充满生活情趣，让人倍感温暖；生机勃勃的新商业街区，则代表着一座城市的文明程度。

它们包容着每个人的个性，让人们融洽地共存于一个区域之中，就像上海包容开放的性格。无论是谁，都能在特色商业街区中找到自己喜欢的一隅，找到适合自己的位置。

本书从67个上海特色商业街区中，粹选28个予以推荐。通过作者的描述，我们可以信步走在静谧的衡山路上，想象着当年的张爱玲也曾行走于斯，感受着阳光斑驳、梧桐深深；可以徜徉于思南公馆51栋历史悠久的花园洋房之中，领略历史建筑群的风情万种；可以独坐在由上海典型民居石库门旧宅改建而成的新天地，喝一杯咖啡，过一天慢生活。本书还将告诉读者，在这67个特色商业街区中，除了有衡山路、新天地、豫园老街等人们耳熟能详的街区外，还有一些代表海派新特色的街区。

如今的"老码头"是曾经的"十六铺"，这里临江，老式石库门群落里流传着上海滩大亨的故事。每当华灯初上，霓虹闪烁的景致更是摄人心魄，勾勒着整个繁华都市的摩登外形，它也由此成为时尚休闲的新地标。

朱家角的"尚都里"，多元风格的现代建筑，凝聚了张永和、马清运、登琨艳及柳亦春四位建筑大师的才思，这里被誉为"看古镇落日最美的地方"。

上海夜市从以往的小摊小贩，发展到了如今以特色商业街区为载体，把夜市元素装进去。通过本书，读者可以了解到在67个上海特色商业街区中，已涌现出吴江路、大学路等颇具代表性的特色夜市。

……

《"十三五"时期上海国际贸易中心建设规划》提出，要加快上海建设国际消费城市的目标，其中一项重要举措就是提升和形成一批具有全球知名度的消费地标，打造一批国内外知名的特色商业街区。

可以这么说，在上海打造国际化大都市的进程中，特色商业街区，在凸显海派文化的同时，也在向世界展示上海的创新与活力。

《主人》编辑部

2019年3月

目 录　序　　　　　　　　　　　　　　　1

第一辑

品味

街灯一盏一盏苏醒
味蕾一朵朵绽开
响油滋滋奏乐
热气腾腾翩飞
溢香白玉盘
流彩夜光杯
美酒佳肴入口来
陶醉，陶醉

上海最老牌的美食一条街

文/望 京

在上海著名的娱乐中心大世界东侧，有一条享有"步入云南路，口福，口福，淌下口水无数"美誉的上海最老牌的美食街——云南南路美食街。

这条不足300米长的小街，被装饰得有些上海老弄堂的感觉，沿街一家家都是饮食店，汇集大江南北各种口味，而且每家都是上海口碑榜上的常客，常常被冠以上海最好吃的抬头来介绍。

这里汇聚了以小绍兴白斩鸡、小金陵盐水鸭、鲜得来排骨年糕、大壶春生煎、成昌圆子店等为代表的30多个中华名小吃、上海特色小吃；同时上海、淮扬、广帮、京帮、杭帮、川帮、清真、西北等各地风味菜点，使美食街形成融十大帮别名特菜点、时令菜点于一体的餐饮格局，一派上海市井景象，吸引了许多初来上海的外地食客。而每当提起何处能吃到正宗的上海风味小吃，老上海们总能如数家珍地报出一串串云南南路上的美味。

云南南路美食街南起金陵东路，北迄延安东路，全长250米。云南南路美食街的中心点是，云南南路与宁海东路交错的十字路口：这边是"小绍兴"，热卖白斩鸡配鸡粥，马路对面是"小金陵"，最有人气的是盐水鸭配鸭血汤，大家合力上演了一出"鸡鸭对峙"的戏码；还是在这个路口，街角人气旺盛的烤羊肉串摊档贡献了一棵用羊肉串竹签摆成的半人高的"圣诞树"，热气羊肉火锅店门前则摆了一地铜锅子，身穿白色厨师制服的老师傅推着那辆不锈钢保温餐车擦身而过，里面塞满了刚刚出锅的盐水鸭。

云南南路美食街发迹的历史可以追溯到二十世纪二十年代，一个叫"周仲胜"的人摆出了一个水饺摊，不久他身边又多出一个烘山芋的摊位，就这样一个接一个，一只挨一只的，除了固定的茶馆、饭店外，走街串巷、挑担提篮的小吃卖者逐步在此聚集，击梆叫卖，让云南南路成了上海滩响当当的美食街。

到上世纪90年代，云南南路被命名为"上海美食街"，以小吃排档为主，供应串烤、面、馄饨、莲心汤、春卷、小笼包等数十种上海风味小吃。1998年9月，更名为"云南南路美食街"。1999年9月，在上海市首次市级商业特色街评选中，云南南路美食街被命名为首批（10条）上海商业专业特色街之一。2008年12月19日，新的云南南路美食街正式开街亮相，它瞄准老字号，专打"上海牌"。

上海人管"逛街"叫"荡马路"，就是晃晃悠悠地从街头逛到街尾，"荡"一遍云南南路美食街，不需要好脚力，只需要好胃口，确保能从街头吃到街尾。

逛云南南路，当然不能不光顾小绍兴鸡粥店。可以毫不夸张地说，今天云南南路能成为名闻遐迩的美食街，其名声很大程度上就是由小绍兴鸡粥店带起来的。

1937年，浙江绍兴马鞍镇章庄一个名叫章元定的人离开家乡，到嘉兴平望万盛染坊找到一份生计。不料染坊不久被日商吞并，章元定无奈之下到上海谋生。他先在一家锯木厂当临时工，后做起小买卖，从东方饭店、远东饭店的厨房批些鸡头鸡脚等杂碎，到附近大街小巷叫卖。

当年，他在云南路上摆了一个鸡粥摊，烧了点粥；当时他烧了五六只鸡挂起来。一不小心，烧熟的鸡，掉进了下面一个盛满凉水的桶。掉下去，再拎起来，立即斩给客人吃，哎，没想到，这个味道要比原先的味道好吃，鸡肉也嫩。小绍兴的"秘方"就此诞生。

至此，在他们的厨房制作工艺中，多了一个过滤器——烧好的鸡，都要冷却过，再拿出来斩了上台面，里外一道嫩！小绍兴白斩鸡终于名声在外，且越来越响，形成云南南路特色小吃中的"品牌"。

1984年，在上级公司的关怀下，"小绍兴"进行了装修，营业面积有了大扩展。1985年，云南南路更是刮起一股"三黄鸡"旋风，使"美食街"的特色地位有了大幅度提升。到了1986年，"小绍兴"再次扩大装修，并设立分店，引领了云南南路美食街的美食时尚。

鲜得来创始于1921年，1993年被国内贸易部授予"中华老字号"称号。鲜得来在云南南路总店推出上海风味的各式炒菜小吃，组成了以快餐、炒菜小吃、包房宴席为一体的多种消费格调，能满足多种层次的消费需求，使鲜得来排骨年糕快餐公司成为沪上快餐小吃林中的一颗明珠。鲜得来以

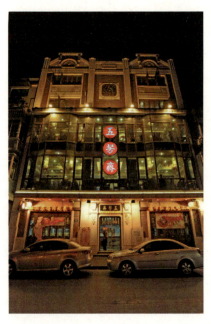

排骨年糕而闻名，它的排骨年糕是将面粉、菱粉、五香粉、鸡蛋放在一起搅成，浸裹在排骨表面，放入油中氽熟。这种排骨色泽金黄，表面酥脆，肉质鲜嫩。与此同时，将松江大米与红酱油、排骨盛于一盘，浇上甜面酱、辣椒酱即可。入口糯中发香，略有甜辣味，鲜嫩适口。

在上海人的眼中，吃烤鸭，非得到老字号燕云楼去不可。燕云楼的烤鸭技艺，在上海首屈一指；它具有选料严谨、操作讲究、肉质鲜嫩、皮脂酥脆、肥而不腻等特点，多次在全国食品博览评比中获得金奖，在上海形成了"欲尝

烤鸭香，必到燕云楼"的新景观。作为沪上为数不多的京菜馆，除了烤鸭外，燕云楼京菜的特点是用料精细，品种丰富，操作讲究，口味多变。讲究爆、炒、烧、煮、炸、熘、烩、烤、涮、蒸、扒、焖、糟、卤等。燕云楼的京菜师傅们不仅师承祖传，全面继承传统的烹饪方法，还独具匠心，创造出了一批经久不衰、脍炙人口的看家菜点，深受中外宾客喜爱。

五芳斋号称"江南粽子大王"，以糯而不烂、肥而不腻、肉嫩味美、咸甜适中而著称。上海五芳斋创建于1858年，距今已整整150年。2008年五芳斋总店迁址云南南路28号，环境古色古香。在原来粽子、糕团的基础上，五芳斋又推出具有传统工艺、上海口味的特色精品粽子，如干贝、大虾、蛋黄、大肉等，随后又推出五芳斋蟹粉小笼、灌汤包子、萝卜丝酥饼等一批特色上海点心。想要回味一下老上海的味道，自然不能错过五芳斋的经典粽子和糕点。

老陕饺子馆就在鲜得来对面，老陕饺子馆即西安饺子馆，秉承了西安小吃的风味，并恰如其分地融入了海派风格，以本帮菜为主，辅以川菜、广式细点和台式茶点，集盎然古意和时尚休闲于一体。虽然叫饺子馆，但是除了饺子外，这里还有很多好吃的。酸汤饺子是特色，都是手工包的，皮非常有韧性，个头很大，一般一个人吃二三两足够，而且一定要加酸汤，超级好吃。肉夹馍和凉皮搭配很陕西，味道不错的。热菜的话，大部分都不是陕西特色的，倾向于本帮菜的口味。

这条街上的上海老字号，很多店里都坐满了人。在大壶春的门口还排起了长队。大壶春，作为一家有历史的生煎店，经久不衰一直被追捧，自然有其独到之处。

大壶春生煎始创于1932年，创始人叫唐妙权，他的叔叔是上海发明生煎的萝春阁创立者。唐妙权很明白，倘若完全复制萝春阁生煎做法，是做不大的。萝春阁生煎的特色是皮薄馅大、汤汁浓郁，唐妙权决定把大壶春的生煎定位于无汤生煎。这个定位，成为大壶春的一大特色，一直延续至今。

生煎馒头虽然只是小点心，制作上的学问却不小。比如，它有扬帮做法（开口朝下）和本帮做法（开口朝上）的区别；有肉馅厚实、汤汁偏少的"肉心帮"和馅掺皮冻、肉嫩多汁的"汤心帮"的区别；有全发面、半发面甚至不发面的区别……大壶春属于本帮做法，又是肉心帮，还是全发面，故在上海滩独树一帜。

前几年，《福布斯》杂志评选出全球最为精彩独特的"必吃"美食，四川火锅和上海生煎馒头榜上有名。从历史文化的角度看，大壶春对此的贡献，其权重无疑是不小的。

云南南路上的豫香斋羊肉馆，以提供正宗清真菜为特色，这家店的羊肉为"槐山羊"。"槐山羊"产于河南沈丘，据《槐州府志》记载，乾隆皇帝食用槐州府贡品山羊后，称其开胃健脾润肤养颜，将之御封为"槐山羊"，由此，"槐山羊"成为历代朝廷贡品。"槐山羊"以肉质细嫩，口感鲜美，补益健身之功能扬名。所加工出的天然放牧的"羊肉片"无污染，是餐桌上的美味佳品。听说回族人多长寿与常食牛羊肉有密切关系。而豫香斋羊肉馆加工出来的羊肉片，不仅味道纯美，久涮不老，肥瘦适中，而且营养丰富。

傍晚，是云南南路美食街的高潮时刻，饥肠辘辘的上班族步伐充满节奏，眼睛扫过一家又一家门面，吃饱肚皮的食客则心满意足地在街边迈方步。需要提醒的是，大部分美食街的店铺和他们供应的食物一样，延续着自己的"传统"，比如去"小绍兴"吃一份经典的白斩鸡配鸡粥，最好有一人去柜台开票，去窗口排队拿白斩鸡，另一人在店堂里找位置，服务员看你坐定才会送上鸡粥，这样分工合作，你才不会遭遇端了一手食物而没法入座的尴尬。

仙霞路的烟火味

文/希 安

有人说，幸福就是能有一个红嘟嘟的嘴巴，去尝遍天下所有的美食；能有一双发现美的眼睛，去阅读一篇篇关于美食的妙文。中国从古至今的文人中，好美食者为数不少，比如，明张岱、清袁枚、今人陆文夫。喜美食又善于动手者，汪曾祺先生是也。

毫无疑问，在写"吃"的作家中，曾祺先生绝对称得上翘楚。之前，余也读过中国台湾作家舒国治的《台北小吃札记》。汪与舒，两位都是顶厉害的作家。"作家写食"，与"写食作家"之间的差别在于，曾祺先生写"吃"，大多言在此而意在彼，食物背后蕴含着更深层次的东西。这个东西，就是"情"。如果说舒国治的写食文章，更多地是在传达他的个人生活情趣的话，那么曾祺先生写吃，则更多地是在书写食物背后的"共情"，民族的风土人情。

曾祺先生的小说充溢着"中国味儿"。他说，"我是一个中国人""中国人必然会接受中国传统思想和文化影响"。而且，其小说有很多都是关于美食的。

读曾祺先生的写食散文，可以窥见天南地北的中国人的食俗。曾祺先生写吃，写得细致入微、海纳百川，写得妙趣横生、情真意切，为的是让我们这些早已不识五谷的"现代人"，知道自己吃的是什么，该怎样吃；为的是让我们记住，我们是中国人，过中国节，吃中华料理。

我喜欢曾祺先生的散文，爱屋及乌，也喜欢上了美食。平日一有时间，就走巷串街搜罗一些美食，以饱口福。

在我有限的记忆里，仙霞路美食一条街，是非常值得人们去体验的，也是非常值得曾祺先生去挥笔抒怀的好去处。

作为上海一条老牌且口碑上佳的美食街，这里云集了四方风味，其中有些品牌连锁菜馆就是在仙霞路。这条路上还有年轻人，尤其是恋人们喜欢的情调，茶坊、酒吧、玩具吧，价格也比较亲民。

仙霞路，东起芙蓉江路，西至威宁路，从上世纪90年代起，由休闲小吃街慢慢发展成闻名遐迩的美食一条街。目前，这段近1000米的商业街充满休闲氛围。餐饮行业经营收入占商业街总收入的70%以上。异国风味酒吧等品牌（特色店）的数量，占商业街内店铺总数的50%以上。

仙霞路一向低调，它没有什么米其林，也没有什么一夜爆红的"网红店"。但你无论何时想吃美食了，都可以去"仙霞路"兜一兜。因为在那里，你总能找到合适的食物。

仙霞路还是上海出了名的"居酒屋"一条街：有因电视剧一炮走红的"平成屋"；也有因生意红火，在路头路尾开了两家的"戎参"；还有传闻上海最好吃的日式烤肉店"丸道"。

我曾经粗略数了一下，这一条路上至少开了15家"居酒屋"。沿路望去直到你视线的尽头，牌匾上写的几乎全是日语，"居酒屋一条街"这个名号，真是名副其实。

白天路过这条街，你或许会觉得有些萧条，冷冷清清，好像没有什么店在营业。但只要你耐心等候一番，等到天黑下来，白日里"毫无生机"的居酒屋全部亮起灯光，仙霞路"深夜食堂"的真面目，便再也藏不住了。

入夜的仙霞路，充溢着烤肉的香气和吃"嗨"了的叫喊声，月光下原本静谧的街道变得烟火气十足。如果你要夜跑减肥，可千万不要走仙霞路！因为即使你毫无食欲，路过这里也会想找家店进去坐坐。

每当华灯初上，这里便人头攒动。路边烤肉炭火冒出浓烟滚滚，羊肉串的香味将那些馋嘴的食客牵引而来。这里，有普通老百姓最真实的生活。难怪有人说，"不来仙霞路，不知道上海人有多爱吃"。

对许多人来说，仙霞路或许只是一块夜宵圣地。但对长宁人来说，这条路上有的不仅是夜宵，还藏着许多记忆里的老味道。近年来名声大噪的"哈灵牛蛙面"，在仙霞路住了也有些年头了。如今这家店已经换了一副面孔，但仍在老位置，地方还是那么小，味道还是那么好。那天，我们还没有走到哈灵面道店，就远远地感受到一个"吵"字。顾客点菜的声音，服务员叫牌号的声音，客人边大汗淋漓地吃着边交流的声音，仿佛整条马路的人都在这儿了，人气那真叫一个旺。

哈灵旁边就是珊珊小笼，这家店上世纪80年代就有了，现在也算是老牌子了。仙霞路附近的居民或是上班族，基本都是他家的常客。

传说中上海最好吃的小笼就是"珊珊"了，之前李泉在录《我是歌手》节目时，还带摄制组来过这家店，在这里向观众介绍了何谓上海美食。

那晚，我们去的是王品台塑牛排，那是来自中国台湾台塑集团王永庆先生私人会所的私房名菜。这家店的环境比较幽雅，两个人的座位一般都靠窗。服务员态度非常好，说话都是面带微笑的，菜单上除了套餐就是酒了。吃着王品台塑牛排，脑海里不由浮现出曾祺先生描写在云南吃牛肉的情景。

曾祺先生说，昆明的牛肉馆，以小西门外马家牛肉馆为最大。楼上楼下，几十张桌子。牛肉馆的牛肉是分门别类售卖的。最常见的是汤片和冷片。白牛肉切薄片，浇滚烫的清汤，为汤片。冷片也是同样旋切的薄片，但整齐地码在盘子里，蘸甜酱油吃（甜酱油为昆明所特有）。汤片、冷片皆极酥软，而不散碎。听说切汤片冷片的肉是整个一边牛蒸熟了的，我

有点不相信：哪里有这样大的蒸笼，这样大的锅呢？但切片的牛肉确实很大块。牛肉这样酥软，火候是要很足。"红烧"是切成小块的。这不用牛身上的"好"肉，如胸肉、腿肉，带一些"筋头巴脑"，和汤、冷片相较，别是一种滋味。还有几种牛身上的特别部位，也分开卖，却都有代用的别名，不"会"吃的人听不懂，不知道这是什么东西。如牛肚叫"领肝"，牛舌叫"撩青"。曾祺先生写道，昆明牛肉馆用的牛都是小黄牛，老牛、废牛是不用的。

王品牛排能与曾祺先生笔下的云南牛肉媲美。王品牛排套餐里的牛排大块，据说是严格选材，精心研发，采用一头牛第六至第八对肋骨，经72种中西香料腌浸2天2夜，在250℃烤箱烘烤一个半小时，且能保持100%鲜嫩度，一头牛只能供应六客王品台塑牛排。

可惜，曾祺先生已经仙逝，未能品尝到此等美食。否则必定也会大书一番。

坐在我们旁边的是一对母女，她们优雅地用叉子，叉起一块牛排，慢条斯理地咀嚼着。

攀谈中，那位母亲告诉我们，她爱美食，经常带着孩子和家人到这条街上来品尝一番。她说，民以食为天，共享美食已成为她经营家庭的一大法宝，美食已成为家人之间感情的重要纽带。

"我要用美食使孩子的高中生活充满暖暖的回忆。在当前应试教育的社会环境下，高中阶段可以说是人的一生中比较劳累和枯燥的阶段，当然，也是一个人学习历程中知识密度最大的一个阶段，再加上高中时期正处于青少年情绪波动期，所以，多数孩子在思想上往往会有巨大的压力。身为人母，我想，照顾好孩子的饮食起居，疏导好孩子的思想情绪是应尽的职责。让美食成为孩子高中生活的调味剂，让孩子通过美食变得更加健康而快乐。

"也正是基于这种认识，我通过实地品尝、电视、网络和向身边人请教等多种途径，修炼自己的厨艺，力求在烹、炸、煎、炒、蒸、煮等方面，做到既有创新又有提升。经过不断的摸索，如今，我做出来的菜肴味道、卖相都还可以，常常招来孩子摇头晃脑的赞叹。"那位母亲得意地说。

那位母亲还以一位老食客的身份，向我们郑重推荐道：如果是三五人的聚会，适宜去笑嘻嘻私房菜。这是一家蛮不错的以台湾菜为主的中小型餐厅，做的是私房菜，凤梨虾球和笋丝卤蹄髈都是中国台湾厨师做了几十年的拿手好菜，也算得上是店里的特色菜。

那位母亲说，这家店的蚵仔煎很正宗，厚厚的一层蛋皮里裹着很多蚵仔，上面还有酱汁，蛋皮咬上去有点脆脆松松软软的感觉，包着里面的蚵仔，很鲜很开胃，价格也实惠。

……

夜深了，启明星悄悄地爬上了天幕。仙霞路上越来越热闹。难怪老食客要说，这里的凌晨比白天更有意思。酒足饭饱，走在回家的路上，冷风拂面，思绪泉涌：进入新时代，仙霞路美食街越来越有魅力，深夜食堂菜肴越来越"有爱"。

夜色"醉"美老外街

文/晓 可

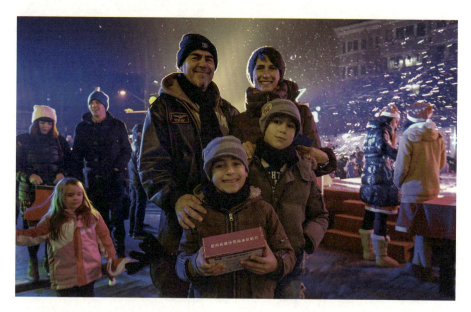

秋夜浓浓，霓虹缤纷，虹梅路上车水马龙。和一帮友人下了"的士"，"老外街"的招牌已在眼前闪烁。

街不过400来米，却处处是景，别有洞天。各国各地特色餐厅次第登场，金头发的，蓝眼睛的，老外云集在此，演绎舌尖上的"联合国"。

我们正好赶上一年一度的老外街啤酒节英雄主题派对，呈上"英雄帖"，换上装备，很快就变身超人、雷神、蝙蝠侠，在绽放的啤酒花和热烈的游戏互动中，享受夜的狂欢……

"嗨"夜无眠

有人说，读懂魔都，首先要读懂她的夜。老外街，恰似魔都缩影——越夜越美丽。"嗨"是这里的主打歌。

"我们曾经幻想双手顶起汽车，救下危难中的人；也曾幻想穿上披风，在云端与飞机比肩！每个人心中都有一个超级英雄梦，朋友们，你们准备好了吗？"酷酷的DJ，动感的嗓音，"撼动"了整个老外街。

英雄派对舞台上，活力四射的美少女团体LUCKY ROCKY大跳热舞，科幻服饰倍添性感火辣。"So hot！""哇，外星人！"这边赞声还未平静，那边呼声已高高响起。原来是新潮艺术家另类亮相，他们带来了五光十色的LED灯光秀。别小觑这细细灯管，经他们之手，犹如马良的"神笔"，足以化平淡为神奇。

此时此刻，舞台下也是精彩纷呈。一位"眼镜萌神"洋小伙儿，抡起大锤，狠狠砸向"游戏桩"，如有万千神力傍身。"雷霆万钧"游戏现场，有"雷神"出没，无怪乎众多"看官"伫足围观！

另一边的"挑战鹰眼"活动区，同样人气十足。一位爷爷辈的"英雄豪杰"，顶着满头银发，瞄靶射飞镖。这颗宝刀不老的勇敢的心，直叫人挥手致敬。

"干杯！""Cheers！"老外街的啤酒节除了看、玩、听之外，怎能少了"喝"呢！一位"酒仙"曾说，"啤酒要大口大口喝，才够爽"。活动现场，端着超大马克杯的"酒仙"还真不少。碰杯之后，仰脖长饮，煞是"痛快"！有些重量级"酒王"，索性"吹"起了瓶子，"抱"走了酒壶。音响灯光交织，美酒佳肴飘香，我和友人也是沉醉其中，乐不思蜀。

邻桌的一位韩国"欧巴"是老外街的老主顾了。他用蹩脚的中文告诉我们，这样的"嗨"节，隔三岔五就会在老外街上演。他是两年前来中国的，在附近一家韩资企业工作，下班后常与同事来此小聚。老外街的摄影节、艺术节，以及颇具西方色彩的万圣节、圣诞节，在他眼里都很"好玩"。世界杯开赛期间，他几乎天天光顾这里的Big Bamboo（大竹子酒吧），就着啤酒炸鸡，就着超大屏幕，伴着一群球迷，畅快看球、疯狂聊球……

和长腿欧巴一桌的一位加拿大姑娘，也加入了这场"跨国热聊"。她微胖，爱笑，留一头栗色"天然卷"，棕色眼眸里盛满热忱。她说，大竹子酒

吧的味道，就是典型的加拿大风格。以竹为墙，以竹为梁，感受着宽敞空间里流动的"竹林风"，她仿佛回到了家乡。"这里是上海超棒的体育酒吧。"她情不自禁竖起大拇指，为这里点赞。

她还向我们推荐了极具美国风情的66酒吧，还强烈建议我们关注"上海老外街"微信。果然，在移动端，我们看到了"66酒吧的精彩集锦"：草裙舞、钢管舞、萨克斯风，以及乐队献演，有图有真相，这可是"不嗨不归"的节奏啊！德国乡村餐厅举办的啤酒节派对，也是人气爆棚，型男靓女对酒当歌，巴伐利亚表演激情四射，把浓浓夜色"嗨"到翻腾。在Sunset音乐酒吧，一位歌者正在深情演唱粤语歌《爱的故事上集》，歌声轻柔，百转千回，粤韵袅袅，令人回味。听这里的常客说，这家酒吧可以点歌互动，有乐队助阵，爱唱歌的、爱听歌的，都会不自觉地选择这里。"每晚都是'演唱会'的节奏！"他的感叹得到了身旁顾客的认同。老外街的啤酒节，还真会玩儿，怪不得各种国籍的吃货会如潮水般从四面八方"汹涌"而来。

"玩了这么久，还没好好逛逛呢！"我们几个走出了"喧嚣"派对。秋风拂面，微醺的感觉突然袭来。脚底有些"飘"，友人的脸颊有点红，但心情却没来由的好，好得格外晴朗。

"静"夜有味

谁说夜只有一面？走着，走着，就遇见了老外街的优雅与安静，尽管不远处的派对依然"嗨"声四起。

Las Tapas、Simply Thai、Fat Cow、Milos、Papa's Bierstube、Story Tavern……每一间餐厅的名字，为什么都这么好听？美国西部牛仔风，日式和风，墨西哥风，德国乡村风，中式西北风、潮汕风、中国台湾风、本帮风……不一样的菜品，不一样的陈设，不一样的风情，搭配在一起，就是一曲音阶错落的和谐乐章。

走着走着，我们被一家蓝白相间的地中海餐厅迷住了。爱琴海边的经典建筑，来上海"安家"了。一个帅气的外国背包客从店里出来，一推门，一串串音符飘然而至。尽管听不懂那歌词的意思，却能品出其中的浪漫。一位老友说，这是希腊语，一门古老的语言。我们侧耳倾听，沉睡已久的"少女心"被唤醒。毫不犹豫地，我们鱼贯而入这家名为Milos的希腊餐厅。

这是一家有趣的餐厅。拿到菜单时，我们一头雾水。对希腊菜一窍不通的我们，只得将求助的目光投向服务生。这里的服务生很热情，接待我们的是一位年轻小伙。他不屑于简单地"报菜名"，而是向我们耐心地介绍菜品的用料和特色。

得益于如此"专业"的解说，我们品尝了他家的招牌菜穆萨卡和菠菜派。穆萨卡，一听名字就叫人心生欢喜，浓浓的希腊味道：将土豆泥铺成饼烤，在土豆泥下置一只烤熟的茄子，配以烤过的奶油、肉糜黄瓜等，层次丰富，再搭上不同的酱料，一口咬下去，那种美妙真是无法言喻。

菠菜派，据说也是希腊传统口味，将菠菜切成细末状，裹上面粉，在铁盘淋油烤香。友人调侃，这是"菜饼"。不过，这"菜饼"吃口还是蛮灵的，秘诀在于它的蘸酱。服务生上菜时会端来一份酸奶酱，两相搭配，即成奇妙滋味。

有位家住老闵行、人称"小酒仙"的朋友，对希腊酒水很感兴趣，让服务生推荐。我则在一旁静静看着，先前已品过酒，对于从不贪杯的我来说，此时此刻，能够相伴的饮品就是热水。但这位朋友似乎没有尽兴，她对酒水单上有着诗意名称的鸡尾酒，充满好奇心。不想扫她的兴致，又恐她喝多伤身，我们几人严格"监督"，为她筛选了一款茴香酒，并安排好专人今晚护送她安全归家。酒水未至，酒香已至，"小酒仙"的脸蛋开出了笑靥。

邻座是一对高鼻深目的外国情侣，看上去像欧洲人。他们也点了酒，只是酒色颇浓郁，服务生介绍说，那是店里的一款红酒，有点烈。红酒配牛肉，这是黄金组合。在他们的餐桌上，牛肉饼的香气漫溢开来，我们忍不住

瞧了两眼。那是一个个像汤圆大小的牛肉，由散牛肉末捏成汤圆形状，在铁盘上滋滋烤着，配以手挤柠檬和沙拉，哇，仿佛那美味就在我们口中。抒情的希腊音乐飘飘荡荡，如地中海的柔风，吹开了我们的心扉。

葡萄美酒夜光杯。"小酒仙"的雅兴越发高涨，于是，我们缠着她讲述老外街过去的事情。看着大家托腮静候的起劲样儿，她轻轻呷了一口酒，娓娓道来。"老外街101"旧址是上海虹桥机场徐虹支线101专线停靠站，毛泽东的101专列就曾停泊于此。随着时代的变迁，徐虹支线被废弃，这里一度成为杂草丛生、垃圾遍地的废弃铁路路基。从2002年开始，一些有识之士来此"拓荒"，逐渐将老外街打造成现在的模样——环境优雅、品位高尚的休闲地，而它的位置正处于闵行、长宁交界处，是个传奇之地。

一盏淡茶，一杯红酒；一片硝烟，一缕沧桑；一段历史，一方柔情。听着故事，脑海里浮现出，老外街进口处乌黑锃亮的蒸汽火车头，沿途墙面逼真的绿皮车厢。汽笛似在鸣响，车轮似在滚动，101专列正开往都市的繁华里。

不知不觉，醉意又增几分，老外街的夜色更浓，有"嗨翻天"的欢腾，有静静的安谧，内涵越发丰富，叫人回味无穷。

毗邻虹许路的"老外街展览馆"，陈列了诸多关于老外街的历史资料，记载了老外街成长蜕变过程中的一个个坚实脚印。很多主流媒体把镜头瞄准了老外街，它已然成为上海、全国乃至国际具有一定知名度和品牌美誉度的特色休闲街。"中国特色商业街""闵行区文明示范街""闵行区绿色商业街""上海商业特色街""AAA级景区""中国特色商业示范社区"……这条欧陆风情小街，还真有点明星范儿，难怪连公益大片也来此取景！

缱绻灯光下，看人群熙攘往来，听觥筹交错清脆。或许真的"醉"了，耳边似有歌声起：火车厢一列列，经过了隧道；风轻吹，有木棉的味道。

金山嘴渔村

文/方 博

　　一个阳光和煦的午后，我们来到上海金山嘴渔村，踏访这上海沿海陆地最后一个保存最为完整的渔业生产村落。金山嘴不仅是金山地区有名的渔港，也是上海地区有名的渔港。

　　金山嘴渔村位于东海之滨美丽的杭州湾北岸，有着6000多年的历史，隶属于金山区山阳镇，离上海市区约有八十公里。"吃海鲜，去渔村"，自金山铁路开通以来，来渔村观摩游览的游客络绎不绝，海塘上开着的海鲜饭店门庭若市，形成了颇具特色的海鲜美食街，也形成了美食产业链的集聚效应，特别是夏秋冬三季，金山嘴海鲜街和金山嘴海鲜美食城的近三十家饭店，生意都非常红火，周末和节假日甚至一座难求，为金山嘴渔村带来了旺盛的旅游人气。

　　整个渔村有着近6公里的海岸线，区域面积1.8平方公里。金山嘴海域

有着十分丰富的海产资源，大小金山盛产白虾、银鱼、白蚬等珍贵水产，春、夏、秋、冬四大渔汛海产品源源不绝；浙东滩圩、舟山等地部分海产也依托金山嘴渔港上岸。

历史上，金山嘴的海洋渔业十分兴旺。据说，在清末民初，小镇上有商店、作坊36家，仅经营渔货的鱼行客栈就有10多家；每逢春、秋两汛，大鱼、海蜇旺发，来观潮的、买鱼的、经商的游客、商贾云集，海塘上人流摩肩接踵，热闹非凡。

上世纪80年代，金山嘴渔村捕捞业达到顶峰，有出海渔民1000多人，拥有大小渔船45条，1650吨位，年产渔货116万担，捕鱼范围也从杭州湾走向远洋。但自上世纪80年代后期起，由于众多化工企业的兴建，大量污水流入杭州湾，再加上过度捕捞，渔业资源逐步衰竭，大部分渔民告别赖以生存的大海，有些务工，有些经商，也有些渔民仍念念不忘大海，坚持近海捕鱼劳作，以捕捞小鱼、虾蟹为主。现在，村里仍然有近百人每天出海捕鱼（有渔船20艘），还有200多人从事海鲜加工、销售和经营海鲜饭店。每当渔船进港，码头上一片繁忙景象，人们赶来批发刚捕捞的新鲜鱼虾。正是这些生生不息的海鱼资源，繁荣了金山嘴，造就了金山嘴的"海鲜一条街"。

如今金山嘴渔村的一条古海塘犹如一串明珠，串起了金山嘴老街、金山嘴海鲜美食城、海鲜一条街。

伴着徐徐海风，渔家们收船了，船里活蹦乱跳的鱼儿是欢乐生活的写照，而村口茶室里跷着二郎腿正喝茶听戏的老两口在咿咿呀呀哼唱。幸福的表情，写在他们黝黑的脸庞上。

整条老街南北长约200米，整个古街采用古青色的基调，房屋屋顶、墙面、门窗和沿街路面，采用修旧如旧的办法，保留了明清建筑风格特色的青砖黑瓦马头墙，以及杉木材料门窗，并铺设了青石板路面，青瓦灰墙，保留了当地渔民原始的居住建筑特色，还原老街渔村的古韵。

老街的街非常狭窄，容纳不下四个人并肩走。幸亏下着雨，人流稀疏，支着雨伞，在小巷缓缓前行，是一件很有情调的事。

漫步古色古香的渔村，马头墙、观音兜的明清建筑让游客浮想联翩。老街的支巷往西有一条运石河静静地流淌，曲折绵延的街巷小弄临河而建，百米栈桥连接着南北两岸，两岸仿古民居及墙上的金山渔民画衬托着河景，格外秀丽。

老街上的"渔家茶馆"总是人声鼎沸。忙里偷闲的渔伯渔姆们爱在这里度过舒心的下午。茶馆里上演着渔伯渔姆们最喜欢听的"本滩"。"本滩"，城里人叫作"沪剧"。据说，渔伯渔姆们演起"本滩"来，一招一式像模像样，很有功底，连沪剧名家茅善玉和马莉莉看了后也大为赞叹。

值得一提的是，景点之一的"渔村老井"，由当地居民投资建造，很好地用活了民间资本。重新设计装修的"创意庭院"中，置有一口有着上百年历史的老井，井水通过水槽引流至房顶上，再沿瓦片飞流而下循环回到井中，既起到防暑降温的作用，又营造出"庭院细雨"的情境，是一处匠心独具的设计。

随行的朋友介绍，在渔村西侧不到三公里处有个叫戚家墩的地方，那是明朝著名抗倭将领戚继光率领戚家军成功抗击倭寇的地方。人们为了纪念他，就把此地叫作戚家墩。翻开中国蒙受日寇侵略的近代史，可知日寇在戚家墩留下了血腥的一幕：1937年农历十月初三，日寇久攻吴淞口不下，转而从东海南下进入杭州湾，选择了国民党兵力防守薄弱的戚家墩及浙江全公亭一带偷渡登陆，上岸后一路实行"三光"政策，使这里的人民遭受了血腥的洗劫，尤其是金山嘴沿海一带的百姓死难者不计其数。这段历史不应被忘记。戚家墩现在已经成为城市沙滩的东段入口处。

游客们可以在金山嘴历史馆中一睹当地渔业生产与渔民生活的历史沿革；也可以在渔具馆里体会一下做渔民的感觉：摸摸储存鱼虾的篓袋，比划一下用蚬子铲从

泥沙里挖出蚬子，或用张闸网将鱼虾捞个痛快。如果想与大海亲密接触，可以到丁字坝，那里有大片的天然滩涂，不妨光着脚丫赶一次海，拾沙蜒、挖蚬子、摸海鳗，做一回大海的孩子。

我们走进一位渔民的老宅，他正在织网。其实，他织的根本就不是真正的渔网，而是为参观者进行表演的道具。现在渔网都是用尼龙线织的，这位老伯用的是麻线，而且是一种很粗的麻线。老伯很直爽，他说，这是在体现一种怀旧情结。

老伯热情地告诉我，今天渔船刚靠码头，烤子鱼（又叫凤尾鱼）又多又新鲜，让我快点去买来晒鱼干。晒得半干后可以清蒸着吃，香喷喷的，很能下饭，吃不完就放在冰箱里，随吃随取。

于是，我们疾步来到海边的"海鲜一条街"。几百米的长廊摆满了海鲜，摊位后面有鱼行老板，有为老板挑拣鱼虾的小工。我走近一个鱼摊子，摊位上摆着刚从渔船上采购的新鲜的烤子鱼和海白虾。

在渔村，吃饭不叫吃饭，叫享饭，筷子叫篙子，盛饭叫兜饭，因为盛饭的"盛"与沉船的"沉"同音，不吉利。吃鱼时，把鱼翻个身叫作"掉头"，因为"翻"意味着翻船，也不吉利。吃好饭也不能把筷子搁在碗上，而要把筷子拿下来放在饭碗旁边，因为"搁"字有渔船搁浅的意思，也得讲究些。

这里的渔民每天乘船出海，到舟山群岛捕捞各类海鲜。回到渔业村（金山嘴）后，他们马上就进了岸上大大小小二十多家海鲜饭店，有余货时才会卖给商贩转运到其他地方，或者进行加工和冷藏，留待以后卖个好价钱。

刚刚还在码头上听着渔家满载而归的欢唱，下一刻新鲜的鱼虾就在你的餐桌上挑动你的味蕾。好客的渔家招呼你临海而坐，沧海拾贝、日月升平、银龙上滩……这些色香味俱全的名字，顿时让你食指大动。凭海临风，浩渺的大海惊涛拍岸，而海堤另一侧的渔村则呈现宁静祥和之气，处处可见的渔

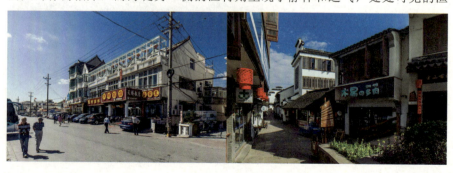

网渔船传递着这里土生土长的渔业文化，空气里弥漫着的鱼腥味让你对大海充满无限向往……

近几年来，随着"海鲜文化节"的开幕，金山嘴渔村的品牌效益凸显，山阳镇立足渔村独特的区位优势，挖掘"海文化"，做足"海文章"，精心打造这一滨海休闲旅游特色景点。

作为中国民间文化艺术之乡，山阳镇拥有深厚的民乐底蕴，渔村茶馆充分挖掘这一资源，定期推出"渔村一台戏"。将来，游客还有望通过"点菜单"的方式自主选择演出节目。渔村还积极引进一批沪上知名画家入驻。目前，李山、赵以夫、张健君等海派艺术家的工作室陆续入驻此地，并对游客正式开放。

此外，渔村管理公司通过微博等形式发起"舌尖上的金山嘴""十大特色渔家菜"评选等活动，让"品海鲜"成为标志性旅游项目。而作为海渔文化重要的组成部分，金山嘴的妈祖文化深入人心，妈祖文化馆的开设，也激发了游客的浓厚兴趣……

站在海堤上，望着波光粼粼的海面，哦，海天交接之际，古老的渔村焕发着崭新的活力，是上海一处独特的海渔文化地标。

留恋七宝老街

文/黄嘉露

　　"一千年镇藏金莲，五百岁桥枕玉斧。"七宝古镇就像一壶陈年老酒，散发着清醇的香味；像一幅古老的丝绸画卷，依然鲜亮地展现在人们眼前，默默地诉说着老上海经久不息的故事。

　　七宝镇位于上海市西南部，是一座既有江南水乡自然风光，又有悠久人文内涵的千年古镇。走进七宝老街，迎面是一座高大的石牌坊，矗立广场中央，石牌坊上"七宝老街"四个字浑厚有力，下有楹联"飞纱十里接蒲溪，市声千年唱金鸡"。石牌坊的背面还有"北宋遗存"四个字，楹联是"长街还带宋时雨，小巷犹听大明钟"。

　　进入牌坊，便见一座钟楼，这就是七宝之一的"氽来钟"。当我痴痴地望着"氽来钟"的匾额，琢磨这古匾的含义时，旁边有位游客悄悄地问我："这'氽'字咋念"？其实我也读不准，不好意思地对她说："这'氽'字，好像是汤浓了或水少时再添加水的意思，是读着'对水'的'对'吧？"回家问"度娘"方知，"氽"读cuān，有把食物放到开水里稍微煮一下的意思，如"氽丸子""氽汤"等，也算开了眼界。

这"氽来钟"对七宝镇来说，意义非比寻常。相传过去七宝每逢雨季，往来船只在河水中常会颠覆遇难，一位高僧云游至此，知悉后规劝众人不必担忧。傍晚时分，七宝突降暴雨，一声惊雷响过，河面上缓缓氽来一只铜钟。高僧当众为铜钟诵经开光，并告诫人们，今后只需将此钟安放镇中，便可保河道平安。果然，自铜钟落户七宝后，河道再未发生过船难。后来，这"氽来钟"就成了七宝的镇镇之宝。

走入老街，一个袖珍版的江南水乡，呈现在眼前：小桥流水，酒旗临风，人来人往，好不热闹。一条条小街，九曲回肠，曲径通幽；一排排老店，两边分列，错落有致。从美食、米糕到古玩、玉器，还有不少女孩子喜欢的装饰品，香风四溢，满街飘香。店铺一家挨着一家，看得人眼花缭乱，恨不得再多生两只眼。来这里旅游的人很多，店铺里人头攒动，收银台前排着长龙。真有点暖风熏得游人醉的意思。

在七宝老街，欣赏如画的水乡美景，体验舌尖上的盛宴，是视觉和味觉的无上享受。

上海人爱吃米，无论是大米还是糯米，都是上海乃至整个江南地带人们的所爱。而"米"成就美食的体现形式更是丰富多样。肉粽、糕点等等都是这条老街上的美味。

香甜软糯的香米糕，一口咬下去，大米的清香混合着水果的香甜，瞬间充盈口腔，令人回味悠长。小酱园里的各色酱菜，油汪汪，咸中带甜，爽脆。各色豆子，更是七宝的风情。朴素的豆子，被各种味道包裹，咸甜怡人，成为人们休闲时刻的不二选择。

有老饕说，七宝老街是吃货的天堂，美食的聚集地。因为这里不仅有历史悠久又物美价廉的传统美食，还有许多顺应时代潮流的创新美食。这些时尚多样的美食，满足了来自不同地域不同饮食习惯的人。

在七宝老街，你可以看到多地美食。这些美食，到了七宝，仿佛也沾染上了这里厚重的文化气息，在细微中做着小小的改变，已顺应挑剔的上海人的味蕾。无论你是想寻找地道的上海美食，还是想给自己的味蕾来一次盛宴，七宝老街都可以满足你。

七宝老街占地92亩，全长360米，不长的老街被东西向的蒲汇塘河分成南北二街。北街现在基本上是售卖各式各样小商品，而南街却是满满一街的美食。整个街区成"非"字形布局，多处房屋仍保持着典型的明清建筑风格，历史给这条街留下许多美好的回忆。

老街是南北走向，整条街宽不过二三米，全部用石板条铺就。小街的两边全是门面不大的小店，店与店之间全是木板来相隔，很少见到用砖墙来相隔。

随着人流向南走去，不一会儿就到了蒲汇塘桥，桥正中圆拱上写着"鹁鸪唤雨听橹声似歌，杨柳掩烟看帆影如画"的桥联。站在桥上向东西两边望去，只见亭台水榭掩映于垂柳之间。偶尔有小舟摇橹经过，搅动一河清波。

走上平安桥，又是一番情景，桥下流水潺潺，水上有游人乘坐的小船随波荡漾；河岸上，旧式房屋，依依垂柳，倒映水中，呈现出江南水乡特有的温柔。

蒲汇塘桥边，"七宝老饭店"，古色古香的牌匾，不知道这上面走过了多少时光。门口，一小巧石桥，侧旁，从假山顶上跌落的几缕细水逶迤桥下，一边游走，还不忘哗哗作响，像是在招呼客人。这家店的菜肴多系本帮菜，如七宝鱼头汤、白切羊肉、爆炒螺蛳、韭菜白米虾、草头炒河蚌等。

　　南街还是那么拥挤，窄窄的小巷仅能容两三人并肩，从这头看到那头，该尝的尝了，想买的买了，之后，我又添了一样"腌萝卜头"，小萝卜比鹌鹑蛋大些，脆中带着筋道，咸里微含甜味。饭前，取几个切了，细细碎碎，成丁。再撒上几滴香油，佐以精熬的白粥，抑或是"泡饭"，那个惬意嘛，就甭提了。不是饕餮大餐，却缭绕着家的味道，爱的气息……

　　到七宝少不得要品尝享有盛名的白切羊肉。旧时沪郊四乡都饲养山羊，又形成妙法，烧出的白切羊肉，香嫩入味，酥而不烂，能祛寒开胃，以致当地百姓都有吃"羊肉烧酒"的嗜好。而七宝白切羊肉的制作方法也在岁月的流逝中变成各人各法，但因物美价廉，都很受青睐。七宝白切羊肉最宜趁热吃，蘸点未加工的红酱油，再饮一杯小酒，风味很是独特。

　　看看几近中午，赶早拣个地儿坐下，要不，晚会儿吃饭就难有空位了。恰巧，走到了"南翔小笼"门口，立马进去。

　　小楼木梯，踩上去叽叽呀呀颤颤巍巍晃晃悠悠，楼上摆了几张原木八仙桌，张张围了长凳，看那桌子，被擦得干干净净，连木纹也清晰可见。

　　寻一桌子坐了，隔窗就能看到对面，感觉不像在街那头，而是在同一个房间里。少顷，上来几位客人，开口便知是东北人，买了街上的肘子、串烧……还没点餐，手里的就已经吃上了。见我们桌子上摆的南翔小笼、老鸭粉丝汤，问了，说是参照参照，又打听老街还有哪些江南小吃。从东北大老远来，想吃粉条炖肉是不易觅到的，要尝尝街上的点心、小吃，还是选择颇丰的，像双酿团、方糕、青团、糯米汤团，当然，还有这南翔小笼……

　　隔壁汤团店临街的大铁锅里，水不急不慢地开着，漂一层白白胖胖的汤团，勺子一推，挤挤挨挨地撞了膀子，细看，长得又不尽相同：滚圆的、稍长的，带尖的……圆的是糖芝麻、稍长的馅里有肉、而那带尖的是荠菜包成的……小小的黑碗，清清的汤，汤团睡在里面，懒洋洋的，显得雍容富态。

镇上茶馆不少，但我要找的是堂口砌着老虎灶，堂内摆上几张陈旧的八仙桌，桌边围着四条长板凳的那种茶馆。老街上就有这样一家老字号茶馆。临街的店面不大，老屋陈旧，墙壁斑驳脱落，屋里摆着六张八仙桌，低矮的天花板上吊着几台老式吊扇，晃晃悠悠有气无力地旋转着，给闷热的茶馆送来丝丝凉风。东墙南墙的交界处有一扇腰门，走到门前才发现里面别有洞天。跨出腰门是一方小天井，小天井的东面是一个能摆下十几张八仙桌的大客堂，这是一个书场。里面已坐了一些赶早的听众，边嗑瓜子边喝茶，静待开场。

茶馆里老年茶客们团团围坐桌边，乌亮的小紫砂茶壶在手中被轻轻地摩挲着。他们不时地往小白茶碗里添上几口茶水，细细地品，慢慢地聊，茶馆里不时地传出悦耳的吴侬软语。我心中不免一动，这就是我要寻求的韵味，一种能够渗透到骨子里的乡韵。这种韵味在都市的茶楼酒肆里是可想而不可求的。

很快，我们就融入茶客当中。他们说以前这个茶馆一度由个人承包，但举步维艰。现在由七宝镇政府接管。为了改善老年人的文化娱乐生活，在后面的大间里，每天下午安排一场书会。所以这里叫"七宝书场"。买票听书的老人只需再付一元茶资，就可以悠闲地度过一个下午。上午书场里没有活动，老年人可在这里打牌聊天。这个茶馆早上四点半就开门，远近的老茶客每天早早地赶到这里，老茶馆已变成他们聚会消遣的好场所。

暮色四起，华灯闪烁，街上的游人渐渐稀少，我也随着人流走了，但我很留恋七宝古镇，留恋七宝老街，留恋老街上的小路小店。

回家的路上，我突发奇想：在闲适的假日里，邀三五好友到七宝古镇散散步，欣赏一下如画的江南水乡风光，走累了，往店里一坐，来一碗大汤圆，或者点上一壶酽酽的浓茶，天南海北闲聊，这不啻一大乐事。

清雅秀美"芙蓉镇"

文／清 水

　　心心念念想去枫泾古镇旧地重游。40多年前，我们初三下乡学农在枫泾镇（彼时叫枫围公社）。对于当时年少的我们而言，长达半年的学农最难熬的是，远离父母的孤寂和对前途的迷茫。好在同在一个大队下乡的葛明对我很关照。她，家住枫泾，是个活泼开朗的女孩，为我苦闷的生活注入了一股暖流。令人遗憾的是，返城之后由于种种原因，彼此断了联系。世事茫茫，一转眼两鬓飘雪，我很想去枫泾走一走，远远地瞧上一眼昔日葛明的住房，心里默默地问候一声：你好吗？

　　恰巧，朋友孙总的儿子在枫泾开了一家画室，应孙总邀请，遂有了此次还愿之旅。

　　枫泾成市于宋，是一个已有1500多年历史的文明古镇，地跨吴越两界。全镇有29处街、坊，84条巷、弄。至今保存完好的有和平街、生产街、北大街、友好街等，是上海地区保存完好的典型的江南水乡集镇。

古镇周围水网遍布，区内河道纵横，素有"三步两座桥，一望十条港"之称，镇区多小圩，形似荷叶；境内林木荫翳，庐舍鳞次，清流湍急，且遍植荷花，清雅秀美，故又称"清风泾""枫溪"，别号"芙蓉镇"。

从元代开始，枫泾就是商业重镇，历史上一直是江、浙、沪往来通道，是邻近五县物资的集散中心，商贸发达，由成百上千的商铺组成条条商街。这些商业街都建于河道两岸。商品交易离不开运输，当时的交通工具主要是船，特别到了明清两代，土布业兴旺，市场更加繁荣，贸易更加兴旺，店主们为了自家贸易不受天气影响，刮风下雨可以照常营业，于是在建造店面的时候，特意筑造出延伸到河边的长廊，这样就可达到"下雨不湿鞋，盛夏不撑伞，天天好挣钱"的效果。

镇内的古戏台，建在城隍庙广场上，一面临街，一面临河，每逢演戏，从水路乘船而来的人们坐在船上就可以看戏。清朝，南北城隍庙开始有庙会。《续修枫泾小志》载："至期士女倾室往观，百里内闻风而来者，舟楫云集，河塞不通。"可见枫泾古镇盛况。届时，商贩、京剧班、马戏团等云集枫泾，古戏台台上台下十分热闹。

现在的古戏台是重建的，面宽64米，进深44米，舞台面积达28平方米，歇山式顶，飞檐翘角，古意盎然。戏台的正前方，有个广场，放着几十条长凳，有几百人早已坐着等着看戏。一阵锣鼓乐器声响，节目开始，有说书评弹、有唱戏演戏……节目精彩纷呈，台下掌声阵阵。

我循着旧时的足迹，过石牌楼进入生产街，沿河一长排逶迤绵延的黑色廊棚，黑色小瓦盖顶，黑色小砖铺地，一盏盏大红灯笼在廊檐下悬挂着。长廊里侧是商店和民房，外沿是与上海、浙江、江苏等地相通的市河，沿着长廊漫步，睹物思人，五味杂陈。

记得昔日在那星空下，仰望着苍穹，听葛明用娓娓动听的语调讲述关于廊棚的传说：以前在枫泾南栅，临近河边有一户姓陈的人家，女主人叫陈高氏，心地善良。当时丈夫去世，她成了寡妇。有一天早上开门后看到门口躺着一位浑身是伤的男子。陈高氏见状，十分同情。她家之前是开药铺的，于是便拿出家中的治伤膏药给他涂敷，临到吃饭还送上饭菜。因为她是寡妇，所以不敢将他带进屋，只能在屋檐下进行治疗。由于男子伤势较重，无法一时治愈，一连几天栖身檐下，有天下雨了，为了让病人不淋雨，于是妇人在门前搭了个草棚，让病人在草棚里疗伤，一直到那人伤口痊愈才离开。几年后，那个男子奋发图强考取进士，做了大官，但是始终没有忘记当年在枫泾落难的情景。为了

报答当年的救命之恩，他重返枫泾，当面感谢了妇人，并在当年落脚的草棚处，用木头、瓦片盖了木砖结构的棚，以作纪念。后来，寡妇的儿子也做了官，所以枫泾还流传"搭棚救人，终有善报"的说法。从此以后，凡是沿河造房子的商人，都喜欢在自家铺前加一个廊棚，既可以方便他人，又可以聚财气、聚人气、聚运气，久而久之，形成了贯通南北的长廊。

最早的枫泾廊棚，从北栅到南栅的河沿廊很长，全程有三里多长，绵绵不断，一眼望不到尽头。历史变迁，部分廊棚遭到破坏。如今，随着枫泾古镇旅游的开放，当地政府按照原址进行以旧整旧，力图恢复原貌。

沿着长廊一路走来，沿途店铺林立，有画室、茶室、小吃、竹铺等各种特色小店。游累了，可以在这条街上买点土特产、喝茶、吃点特色小吃，别有一番乐趣。沿途小贩们热情地招呼游客，有卖年糕糖、麦芽糖、海棠糕的；有卖竹器、苏绣的。街上的枫泾特产丰富，有黄酒、枫泾丁蹄、桂花状元糕、天香豆腐干，还有当地人自己加工的粽子、熏拉丝、糕点等。

循着肉香，我们在一家销售枫泾丁蹄的商店前伫立。"枫泾丁蹄"创始于公元1852年，据《枫泾小志》记载："市有丁肆善烹，人呼丁蹄，远近争购之。"枫泾丁蹄的烹饪制作技艺体现了"海派"特色，1915年，北洋政府选定"枫泾丁蹄"赴美国参加"巴拿马国际博览会"，获得金奖。2007年，被评为上海市非物质文化遗产；2009年，获上海市著名商标；2011年，被

国家商务部重新授予"中华老字号"称号，同年获"上海市特色旅游食品"称号。

正是吃午饭的时候，长廊内鳞次栉比的餐厅和店堂外沿河边一字排开的餐桌，座无虚席。我们就餐的农家菜馆，店老板是个40多岁的中年汉子，操着一口枫泾普通话，很热情地给我们介绍当地的特色菜：爆香河鳗、河鲜面疙瘩、鲫格朗、农家咸蹄、清蒸白丝鱼……一大串菜名从他那枫泾普通话里蹦出来，别有一番韵味。

我们点了一个农家鸡、一个河鲜面疙瘩、一个年糕炒蟹，还想再点。店家赶紧说，够了，你们两个人点这三个菜够吃了。菜上桌，果然是满满三大盘，量很大。一尝，味道绝对好。邻座是一对来自东北的中年夫妇，那个男的看着菜谱一个一个询问服务员，这个菜的味道怎样，那个菜的味道又怎样。服务员一一热情相告。忙乎了好半天，那个女的嫌贵，说，我们还是去买几只粽子来得实惠。说罢，拉着丈夫的手，施施然离去。服务员依然微笑着目送他们。

好一个淳朴的农家人，无论经济社会怎样发展，也不能抹去他们的纯朴和善良。这也许正是枫泾生产街很少发生短斤少两、以次充好、食客投诉等现象的原因之一。

穿过长廊，行走在平整的石板路上。一眼望去，窄窄的街道两边都是两层楼房，身处其中，抬头望天，只能看见窄窄的一线天，一扇扇木格窗露出原木本色。楼房临街的一边，清一色呈平面结构，看不出每一栋建筑的特色和规模，而从后面的市河望去，家家房子或重檐叠瓦，或骑楼高耸，或勾栏亭阁，层层石阶通向河埠，朱阁，轩窗，组成一道多姿的水乡民居风光，间或有大大小小的江南游船穿行其中，人景辉映，夕阳夕照，好一个"东方威尼斯"。

出长廊，进三百园，这是一座三进三落的大宅院，后面还有一座具有浓郁江南特色的后花园。原主人陈舜俞，是枫泾人，当时在朝廷官居高位，但他一生两袖清风，廉洁正直，因看不惯朝廷中一些丑恶现象，几次罢官，隐居故里。这座三进三落的大宅院记录了陈舜俞的丰功伟绩与坎坷人生。如今，这里还展示着百灯、百篮、百行等三百个代表物件，故称三百园。其中百篮馆设在中间一排楼房内，前有庭院，一只巨大的古代元宝篮仿制品，摆放在庭院一侧中央，成为百篮馆的标志。

馆中收藏了江南水乡农家的各种提篮，有一百件用途各异、形制不一的篮子实物，全面反映了篮子与历代百姓生活的关联：有婴孩睡的摇篮，有读书人提的书篮，有摆在家里的礼篮，有日常用的饭篮、菜篮，有上坟祭祖用的香篮，有做寿用的寿篮，有女工用的针线篮，以及蒸东西用的烘篮、烟篮等等。"晓日提竹篮，家童买春蔬。"白居易的诗句生动传神地展现了篮子融入江南人家的情景。从枫泾民谣"河多桥多弄堂多，唔哎喔哩得篮头多"中可以看出，篮子在江南民生中所占的地位。

枫泾建筑多为明、清风格，均具传统江南粉墙黛瓦的特色，房屋以两层砖木结构为主，前后进房之间有厢房和天井，大宅深院有穿堂、仪门及厅堂等，前后楼之间走道相连，称走马堂楼。屋面多为观音兜和五山屏风墙。

在一幢粉墙黛瓦的江南民居楼上，有一个小女孩推窗探头，目光流连于楼下熙熙攘攘的人群。我远远望着她，不由想起当年的葛明。年年岁岁花相似，岁岁年年人不同。随着改革开放的深入，古镇进入了一个生机勃勃的新时代，古镇人民的生活也愈来愈美好，在这至善至美的今天，想必葛明活得很滋润。心意既达，何必在乎是否见面！祝福你，葛明；祝福你们，枫泾人。

背街小巷吴江路

文/武 江

2018年5月28日上午，上海市委书记李强到吴江路休闲街调研。他一路察看，不时停下脚步，就规划理念、街面形态、绿化设计等同静安区负责人交流讨论。他说，背街小巷改造提升潜力巨大，要聚焦特色、做精做优，注重专业化发展，加强精细化管理，营造更加优质舒适的购物环境，更好体现街区底蕴和独特气质。

全长约300米的吴江路休闲街和南京西路平行，却从来没有车来车往的担忧；吴江路上，年轻人很多，却很少有步履匆匆的；吴江路云集了40多家风格各异、以食为主的店铺，绝对可以让人饱腹而归。

很多年前，吴江路就已经成为上海美食的一个代名词，但它不仅仅是一个代名词，它散发着浓浓的上海平民生活的气息和味道。它常常成为一段友情或是一段恋情的见证者。很多老上海人、新上海人都有过在吴江路解馋、叙旧、聚会的经历；很多手拉着手的情侣，都有过在甜蜜蜜里点一份甜品、四目相对的浪漫时光。

一位"老上海"撰文写道，她出生在上海吴江路，也在吴江路长大，又从吴江路天乐坊的门坎跨出，走向外面的世界。前后在吴江路生活了30多年。

她说，吴江路解放前叫斜桥弄，有一次读张爱玲的文章，知道张曾来这里看人家。至于张看的是何人，她就不晓得了。只知道张同李鸿章沾亲带故，而李的孙子就住在天乐坊里。

她住的门牌号是63号，曾经是共产党的地下联络站。

吴江路不知从什么时候起变成了小吃街。有一年，她从国外回沪探亲，只觉得家里吵得不得了，前门的天井里（沿街）开了家"麻辣烫"，排风机的声音整日嗡嗡响，热烘烘的空气里带点麻辣的味道。晚上睡在床上，灯全部关了，屋子里还是很亮堂，前面店家的灯光透进来，只隔着一层窗。她家的对面就是"小杨生煎"，几乎天天排长龙。那些日子里，她天天早上起来，就去"金师傅"吃馄饨，馄饨又大又好吃，花样很多。

有一年，她带丈夫一起回家，她丈夫从前门跑到后门显得很忙，她纳闷，不知他在忙些啥，后来他说了一句："这个老屋很好。"回到德国后，她看到他相机里拍了很多老屋的照片。在他的黑白照片中，上海的里弄和石库门写满了沧桑感、历史感。她从来没有想过，要去拍这样的照片，或许她的眼睛已经看惯了这些。

还有一次，她带丈夫去吴江路休闲街吃夜饭，因为小菜点得太多，吃不了，她的妈妈就赶回家拿了大大小小的钢精锅子，将剩菜装回去，她丈夫看得目瞪口呆。

记忆中，夜幕降临，这条小路的喧闹才拉开序幕，伴随老板的吆喝，和三五好友结伴，沉浸在那油腻腻却又让人迷醉的烤肉烟雾中。那个时刻，仿佛排长队也是一种享受，大口吃肉、大碗喝酒、大声说话，把吴江路上的小店从头吃到尾，再从尾吃到头。

午饭时分，倘若阳光明媚，吴江路上会形成一阵餐饮高峰。那会儿，一份6元、8元的桂林米粉，外加一碟酸豆角，或是桂林米粉店斜对面那家荔苑粥店的粥和煲仔饭，都是相当叫座的。

吴江路的东段，S形的街道弯曲有致，一眼望不到头，两旁老式的石库门街面房本身就透着烟火气，随风飘散的美食香气穿梭在五颜六色、重重叠

叠的大小招牌之间，汇成一幅都市版"清明上河图"。

吴江路"小吃"的名声，有一半是靠东街的小店支撑的，"小吃"往往比"大吃"更能体现一个地方的风味和特色，上海小笼汤包、馄饨、生煎馒头、锅贴、阳春面、臭豆腐……它们既是上海普通百姓日常喜爱的点心副餐，也是人们的城市记忆。

彼时，每天清晨，吴江路上几家早点店铺就早早开张了。最出名的应该属小杨生煎了，店不大，可是生意出奇的好，基本上永远都要排队。记得那时候4个生煎才1.7元，而且个儿大，里面的汤汁绝对到位。配上一碗3.5元的牛肉粉丝汤，真是一顿美味早餐。

小杨生煎几乎成为2000—2005年吴江路周边白领记忆的浓缩，从早上7点到晚上11点多，杨老板胖胖的忙碌的身影，已成为吴江路上固定的风景线，尽管她不那么愿意被称呼为"老板"。

避风塘的珍珠奶茶，曾是吴江路上最好喝的珍珠奶茶。不管周边商店的珍珠奶茶卖得多便宜，队伍永远排在这5元中杯、7元大杯的避风塘珍珠奶茶柜台前。高峰时间，队伍长得足以把吴江路一切为二。

如今，随着时代的进步，吴江路正全力打造彰显海派特色的后街。面貌焕然一新，中心广场上方有两座钢架结构天桥，将中创、新时代大厦等北侧商业楼宇与四季坊等南侧商铺有机结合。商铺的设计时尚新潮，一些个性化的小店更是让人流连忘返。由西向东，一路上有日式风味小食、糖潮食坊、意大利手工冰淇淋、台湾手抓饼、星巴克咖啡等各色轻质餐饮店，年轻的食客络绎不绝。而街景的设计布置，融合了国际元素，景观灯光、水幕墙、异域风情雕塑、霓虹灯等细节，处处透着时尚韵味和典雅气息。

从捧红了小杨生煎的"黑暗料理街"，到几经改造后形成的特色商业街，上海人耳熟能详的"吴江路"如今又加上了"张园地区"的后缀，位列沪上夜市示范区之一。

周末的晚上，从"梅泰恒"（梅龙镇广场、中信泰富广场、恒隆广场）里走出来，沿着路标找到轨交12号线的入口，其实你已经进入了另一个"新天地"——曾是上海旧式里弄名片的"丰盛里",庭院深深的10栋老式建筑内悄然"绽放"着硬石餐厅、鹅岛精酿啤酒、白色城堡等知名品牌。

再走过一个转角,你会与情调十足、张灯结彩的"张园99"邂逅。三五成群的外国食客,在餐厅、酒吧、花店之间影影绰绰。路口的日料店专设的沿街"吧台",更是透着些许"深夜食堂"的味道。

中式简餐、港式茶楼、韩式料理、日式寿司、美式快餐、意式正餐、特色酒吧集聚,"吴江路创意文化美食嘉年华"更是把临时搭建的零售摊点,整整齐齐设在了路中间,来自世界各地的进口零食、精美的手工艺品汇集于此,各色鲜切水果盒子更是让人感觉来到了台北的夜市。

夜幕降临,华灯初上。即便是工作日,热闹的吴江路上,不少餐饮店也是高朋满座。热气腾腾的火锅,大冬天也能让人吃出一身汗。一大锅红彤彤的十三香小龙虾,轻易就勾起路人的食欲。

夜市,除了美食烧烤以外,自然少不了酒吧。在吴江路西段的泰兴路一侧,"张园99"汇聚了8家西餐、酒吧,整个庭院里,坐落着几十个露天的座位,颇显雅致。每到周五周六的晚间,露天座位就难觅虚席。

"蚝情音乐烤吧"里,几位刚下班的白领正在排队等位。他们是这里的常客,来此度过了无数个欢畅的夜晚。而这家在吴江路驻扎了十多年的老店,恰恰见证了这条街的变迁。店家说,因为晚上生意好,所以经常营业到凌晨3点才打烊。晚上12点以后,更是不乏来食宵夜者,周末客人更多。

有深夜下班的职工打趣说,虽然餐厅变了不少,但不变的是晚上去逛,总能找到想要去的店。

沿街一路逛来,有装饰得精致漂亮的茶餐厅、甜品店、冰激凌店、首饰店和个性礼品店等,颇有名气的满记甜品、红宝石蛋糕房都是女孩子们喜欢驻足的店铺。

据吴江路管理委员会方面介绍,坐拥轨交2号线、12号线、13号线交汇点的吴江路张园地区地处静安区南京路南侧,东起石门一路,西至茂名北路,南至威海路,分别由吴江路、张园99和丰盛里三个街区有机连接,打出了一套集中西美食、音乐Live House、跨界潮牌于一体的"组合拳",如今已成为静安南京路周边白领夜间消费首选地和海内外游客必游景点。

吴江路见证了城市发展的步伐。一个以南京西路、石门一路、威海路、青海路为主要区域的南京西路大中里新商圈正在登场。

时任上海市商务委副主任吴星宝谈及"夜上海特色消费示范区"的评选时曾指出，未来上海的夜市经济应遵循城市建设、规划、改造的总体要求，树立立体化、国际化、满足多元化需求的标杆型夜市商圈。

而吴江路休闲街区的扩张变迁，正迎合了这一发展方向。业内人士指出，吴江路地区摒弃了原先烟熏火燎、杂乱无章的旧模式，通过组合升级，更好地起到了南京西路主街的补充配套功能，通过美食、文化等各类特色，吸引、延长客流的停留时间。如今丰盛里张园片区正处在不断推进的过程中，到达一定阶段还有望向南京西路周边支马路延伸，从而进一步拓展区域功能。

每个城市都有那么一条美食街，牵动着无数人的胃。在上海人的心目中，吴江路是一条永不落伍，也不可复制的美食街。

第二辑

寻 梦

树影斑驳时光

时光摇曳梦想

文人诗情

创客激情

游子乡情

萦绕一店一铺间

成就流动街景

寻觅，寻觅

心中的思南路

文/李 洪

　　夏日的午后，阳光正好，和闺蜜秋一起慵懒地漫步在梧桐森森的思南路，不经意间抬头望去，只见绿荫环绕着座座外墙面铺设着鹅卵石的洋房，有的洋房被浓密的爬山虎覆盖⋯⋯

　　思南路是一条南北走向、干净浪漫的单行道，得名于20世纪初法国作曲家儒勒·马斯南，是有名的法派马路。两排蔽天的法式梧桐树，连接着淮海路与徐家汇。

　　秋说，思南路是淮海路的"后宫"，它藏匿在繁华的街道背后，如独处于世的幽莲，安静、恬淡，以缓慢的步调叙述着老上海的历史与悠悠岁月里的点滴故事。

　　据记载，这里最早的洋房是由法国设计师Allalias担纲设计，于1921年开发建造的有着红瓦屋顶、卵石镶壁以及郁葱古树的老洋房。这里的洋房与上海其他地方的老洋房不同，有整体感，显现出厚重寂静的优雅氛围，是上海保存最完整的洋房区。这里曾是文人志士、近代革命家以及国民党将领、高级军官的居所。周恩来、柳亚子、梅兰芳……不胜枚举，掷地有声的名字篆刻在这里的一砖一瓦、一花一草之上。这里，留下了他们生活、工作的印迹，也见证了近代上海历史发展的轨迹。如果能将那些历经沧桑的建筑每一栋都写成一篇小说，汇拢起来将会是一部展现大时代风云际会的历史长篇。

午后的阳光穿过宽大的梧桐叶零碎地洒在路上，如梦似幻。马路上偶尔几辆车驶过，留下缕缕清风。整条马路沉浸在静谧的气氛中，让人"逃离"了外界的繁华与喧嚣。

秋从小生活在离思南公馆不远的马当路上。她说，从懂事起就一直在复兴公园和思南路周边玩耍。那时复兴公园的边门开在香山路上，从边门出来，经过中山故居即可到思南路幽静的街道上。春天，蔷薇花从黑竹栅栏的墙边窜将出来，散发着阵阵暗香；盛夏，那法国梧桐的树冠遮天蔽日，正是捕捉知了的好时节；深秋，那满地金黄的落叶，似乎把人引进了一个童话世界；而在冬天，阳光从光秃秃的树梢间散落到路面，那斑驳的光影诱人遐想……

岁月匆匆，转眼百年。思南路还是那条路，梧桐还是那些梧桐，洋楼还是那些洋楼，一如百年前那般，优雅而静美。一栋栋修缮一新的洋房，有的成了艺术陈列室，有的成了酒吧，有的成了咖啡吧，既传承了上世纪20年代老上海洋房的架势，又融入了小资情调。

信步走进思南公馆，两边树木郁郁葱葱，像一层面纱遮住那砖红色洋房的脸。夹道是几株盛开正旺的桃花树，引得蜜蜂飞来飞去。脚下是贝壳状的精美喷泉，泉水不知疲倦地涌动着，和旁边的假山映衬得相得益彰。洋房全是齐刷刷的三层，同一个风格，错落有致地分布在这美景之间。

据说，为保证思南公馆的复原度，保留所有建筑并加以修葺的同时，一些超出想象的方式也参差其中。重庆南路256号是极富特色的外廊式建筑，为了整体设计和谐，整幢楼从东西向转至南北向，整体转了90度，将原来的砖瓦逐块卸下、标号打包，再按照顺序原样重建。除了外部的修缮与保留，内部的壁炉、锁扣，甚至门锁也是"饱经岁月"的原样重现……要品味思南的岁月年痕，你只需走近这些看似不起眼的小物件，当你的手指轻轻触摸它的瞬间，就能感受到过去、现在和未来的最佳结合。仿佛一卷老上海的历史画卷被缓缓翻开，酒吧台、咖啡馆、旗袍店、明星画……婆娑的树影温柔地唤醒了老洋房的记忆，各种光阴的故事在层层水泥墙中默默述说。

坐在优雅的老洋房厅堂里喝咖啡、喝红酒、品尝佳肴美味。阳光穿过窗外的树荫，洒落在地板上，一片晶莹斑驳。这样的气氛，恍若梦境，让人情不自禁地回溯逝去的岁月，遥想曾经在这里出现过的种种景象。而坐在这里的人们，互相交流的却是当下生活，是正在发生着的喜忧哀乐，是现代人对幸福的憧憬和向往。秋不由地感叹着。

思南公馆共有四个功能区，思南公馆酒店坐落于幽静的思南路上，是思南公馆的重要组成部分，也是上海市中心罕有的花园洋房式精品酒店。酒店由19幢建于二十世纪二三十年代的独立花园洋房和2幢约于同期建成的外廊式雄伟建筑和1幢新建会所组成。其中15幢独立花园洋房为整幢出租的客房，每幢洋房不仅包含客厅、餐厅、厨房、管家用房、专用车库及四间套房式客房，更有独立花园，享受专属的私密性。同时，酒店配套设施完备，宴会厅、酒吧、中餐厅、法餐厅、健身会所、室内恒温游泳池、水疗等设施一应俱全。

商业区位于思南公馆北部，北至复兴中路，东至重庆南路，西至思南路，由新老建筑共同构建而成。新老建筑形态绚丽多姿，十多条宽窄不一的步行街和六个大小开放空间穿插其中，尽显上海花园洋房等各式老建筑的独特氛围。听这里的工作人员介绍，开放着的思南公馆是一条商业休闲街。

慧公馆，隐蔽在思南公馆内的第59栋。廊下闲步，红瓦屋顶，赭色百叶窗，香樟榆树款款而立，法式浪漫围绕左右，未及开口，心就宁静下来，空气因为历史的积淀和人文底蕴变得有些浓稠。

改造后的洋房餐厅，只有5间包房，只做套餐，只迎贵客！每一处，都透着精心细致。仕女图抱枕、马赛克绒面的高背靠椅、酒吧的壁炉以及储藏间改成的电梯……这里的一树、一花、一灯、一椅，优雅得不动声色。

菜品的精雕细琢已不必赘言，精致粤菜与日本怀石料理，本就是高贵的象征。鳌肚公、石烧A5和牛……这不但是一次盛宴，更是一次难忘的心情之旅。因为我们预订晚了，只有大厅的座位，从这里上到二楼，里面还有个小小间，很安静。

不定期举行各项主题类活动，是思南公馆特色名店商业区的一个重要组成部分。不同类型的活动糅合文化、艺术、娱乐于一体，融汇了百年思南的文化底蕴，加入了时尚摩登的新兴元素，让这里不仅仅成为一个开放式的商业区，更是一个活泼灵动又不失典雅厚重的博览会。

我们去的那天下午，恰逢思南书局开业。这座30平方米的概念书店，呈现了由概念店策划团队与上海图书有限公司精心选定的1046个书籍品种、3000余本图书、100多个文创品种、30余张上世纪70年代的经典唱片。书籍以文学为主轴，兼陈人文、历史、生活、艺术、外文，并为小朋友们准备了童书绘本区。

小小的书店，几面书墙各有玄妙，可以各自推开，使思南书局变成半开放的空间，将内部的文学世界与外部的摩登上海巧妙连接。书店内的背景墙上，名家为书店特别设计的logo，像一只知识之鸟栖息在"看书、看世界"的观点之上。

据介绍，在开业的60天时间里，书店展邀请了60位作家轮流驻店，与市民读者面对面交流。在此期间，每天16点至20点，会有一位作家"坐镇"思南书局，与店员一道为读者服务，推荐书目并朗诵作品，与读者共度一段轻松、愉悦的阅读时光。每位作者还将带来自己的代表作，推荐自己喜爱的图书，准备个人的书房物件或收藏品，与读者分享，为思南书局增添别样的书香雅趣。

近年来，思南公馆一直致力于打造"文化思南"的城市公共文化空间，每年都开展系列活动，"思南书局·概念书店"只是其中之一。

秋告诉我，自思南公馆对外开放以来，思南路成了人们休闲游玩的新地标。修旧如旧的老房子令人感到亲切如初，大气谦和的新格局又使人心境开阔。

现今的思南公馆，如同城市的油画静雅而美丽，将当年的绰约风姿重现。站在这里，你仿佛能听到梅兰芳先生在老洋房里吊嗓子，能看到周恩来、柳亚子等先贤在梧桐树下默默沉思。红瓦屋顶，清幽花园，百叶窗外是郁郁葱葱的树木，百年老洋房便在这浓郁的文化气息中得到生命的延续……

它吸引人们的已不仅仅是建筑凝成的立体诗篇，也不仅仅是岁月熬成的醇香咖啡，而是由历史沧桑和街道氛围融合而成的海派城市文化。

有人陆陆续续地进来，他们从不同的地方来。有的是早就熟知了这里，有的是慕名而来。他们抬头看这些精致的老房子，丰饶的园林，阳光下的绿草坪，说，"这就是思南公馆吗"？

漫步在思南路，仿佛踏着一曲法国情调的小步舞曲，听一位身着旗袍的淑女用款款吴语，从容不迫地叙述一段老上海的历史和悠悠岁月里积淀的名人轶事，这种感受只可意会，难以言传。这，正是我心中的思南路。

生日，在泰晤士小镇

文／杨 紫

"你们城里人真会玩！"前不久，老友小皮邀我参加生日聚会，我把这句话送给了她。不是"黑"她，纯属"赞美"。谁让她又玩把戏、翻花头，"烧"掉两千大洋，租了栋洋房开"轰趴"！时髦如她，让我这一碗长寿面不加鸡蛋不加鸡腿也能庆生的人，自愧不如。

此洋房，位于松江泰晤士小镇的一条深巷里。泰晤士小镇总占地面积约一平方公里，综合了英国都铎时期、乔治亚时期和维多利亚时期形成的建筑特色与精华，充分利用不同时代的建筑特点、建筑选料，最终完成了一个蕴含大气、纯正英国文化却又能与本地文化和谐对接的国际社区。

走进小镇如同翻开一本英国建筑的画册：一幢幢欧式小建筑错落有序地排列着，红瓦尖顶勾勒出起伏的轮廓线，每个窗口都有鲜花垂吊下来，温馨而浪漫。灯杆是黑色的，大门是红色的，小路由粗毛石片铺成，窗台很大也很低，花台上的鲜花开得无拘无束。

一条曲折的步行街贯穿小镇心脏地带，在步行街尽头的一栋洋房门口，我们停下脚步，推开虚掩的大门，迎面有个小庭院，竹篱笆上爬满蔷薇，几棵南天竹疏影斜依，暮春的晨光洒在雨篷上，留下几许明媚。洋房的屋门挂着一串洋泡泡，不知是主人的心思，还是小皮的创意。步入玄关，一阵"清脆"传来，原来是风铃"报信"了。

"杨，快进屋吧。"小皮闻声相迎，一尾厨裙，一双拖鞋，深有居家女人味。洋房的客厅很宽敞，她招呼我放包、脱外套、坐下，又端来果盘递来水，这"服务精神"绝对一流，叫人幸福得差点儿忘了谁是寿星。我在沙发上窝了一会儿，其他几个朋友也陆续到达：五个姐妹，两个萌娃，两个帅哥，悉数聚齐。

"小皮，今天吃什么？""是等外卖，还是自己烧？"时近饭点，有朋友饿了。小皮则卖了个关子，随口喊上俩帅哥，进入厨房。不一会儿，他们仨端着两口锅、拿着两台电磁炉出来了。饭厅与客厅相通，餐桌是供十多人使用的长条木桌，对我们而言，绰绰有余。架锅，注水，插电，上菜。"家庭自助火锅"，我们总算看明白了，也连忙动起手来，帮寿星摆碗筷、倒酱料、开饮料……

围炉而坐，与好久不见的朋友一起，是久违的温馨。纵有千言万语，也得从一句"生日快乐，干杯"开始。以果汁代酒，这是我们的传统，好像少了点豪情，却流溢着彼此间的关爱。

热气腾腾，水花翻滚。开锅了。一圈吃货忙不迭向美食"群起而攻之"。其实，在伟大的中华美食图鉴中，火锅并不是精致所在，它的神奇在于能活跃气氛。人越多，吃得越香，是年轻人聚餐最不会出错的一项选择。

饕餮之余，个别有"娱记"潜质的朋友，不忘问候小皮感情近况。作为资深美女，小皮向来不吝回答——春风十里，桃花依旧，白马王子，不在其中。好精明的答案！

一阵风卷残云，我们终于吃撑了，一个个摸着圆滚滚的肚皮，神情满足地呆坐着。"在等什么呢？这里可没有服务员！"幸亏一位帅哥提醒，我们赶紧撸起袖子收拾残局。未入锅的食材，用保鲜袋装好，放入冰箱；备大口垃圾袋，盛装厨余；清洁桌子，打扫桌底，开窗

通风……阳光倾泻，给每一个忙碌的身影，勾勒出一圈淡淡的金边。

租栋洋房开派对，这是近年来时尚青年流行的一种新的生活方式。小皮说，泰晤士小镇里这种出租的洋房很抢手，她提前好几个月就预订了。

酒足饭饱，我们在泰晤士小镇散步，狭窄曲折的台阶，街头的雕塑，叠彩的墙面，维多利亚式的露台，哥特式建筑风格的教堂……英伦的各时期建筑在眼前徐徐展现，仿佛时光倒流，迂回在中世纪的街巷，莎翁剧中的场景在移步换景中更迭。

漫步其间，神清气爽，仿佛置身于异国，你会闻到空气中弥漫着浓浓的英伦风情。

泰晤士小镇永远不会让人迷路，所以也不用游记攻略，慢慢闲逛，享受那份自在释然。走累了，坐在草地上，看着孩童们在碧绿草地上嬉戏；看着各式各样的情侣在照相机前摆出各式各样的表情，甜蜜而温馨。

湖光美景作伴，我们伸展双臂，让飘逸的水红色纱巾从指尖滑过，心儿便随着那涟漪悠悠地转动着……

沿河而行，可能是因为雾霾的缘故，阳光并不热烈，淡淡的。河边很静，不知是树上还是屋檐下，不时传来几声斑鸠的叫声。隔着河，我随手拍了几张对岸的照片，回放一看：许是对焦的缘故，图中的房屋，不是很清晰，花草和树木却是格外的清新。

位于小镇中心地区的爱心广场，到处是拍摄婚纱照的新人们，粗略地数了一下，竟有十几对之多。新人们任由摄影师"指挥"，摆着各种pose，疲倦的脸上堆满笑容。教堂前的草坪上更是热闹，站满了拍摄婚纱照的新人。放眼望去：绿茵茵的草坪，哥特式建筑风格的教堂，浓郁的英伦风味，衣饰华美的新娘，俊朗的新郎，美哉妙哉。

婚纱摄影已经成为泰晤士小镇的一大特色。许多恋人都选择在泰晤士小

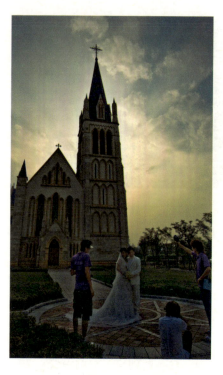

镇拍摄外景婚纱照，感受着英伦的浪漫风情，在小镇里的教堂、维多利亚式街道等景点留下浪漫幸福的爱情足迹。

小镇的一个街角处有家书店，店名很雅致，叫钟书阁。它是上海钟书实业有限公司的第21家书店。

收获无数"最美"赞誉的钟书阁，门面设计很欧式，殿堂式的穹顶飞檐颇有西式教堂的风格——"书的殿堂"；外墙立面包裹的一层玻璃上印着20多种语言书写的名著片段。拾级而上，顿时如入"书天书地书海"：书籍不仅陈列在两厢，更铺就在地上，厚厚的玻璃下一本本"大部头"，让人不自觉低下头，轻轻踩上去。

博古通今、字字珠玉、国学精粹、格物致知……古色古香的书架和中式拱门，围成九间书房。一房一主题，一房一世界，转个弯就失了方向。抬头看去，天花板上的风景与周遭的中国风形成鲜明对比，一幅幅西洋油画与东方传统发生着精彩"碰撞"。

在书的迷宫里，我信手拾起一本《我们都是爱过的：萧红传》，寻找电影《黄金时代》里那个自由的身影。有同伴倚在书房之间的榻榻米上，悠闲地读着毕淑敏的"心灵鸡汤"。时间嘀嗒在走，这里却恍如隔世，只有翻书的声音和书页的香气。好一个私家书房啊！

沿着一楼主通道往店堂深处走去，新书专区、人文社科专区、青少年读物专区、童书专馆，依次呈现。地面的厚玻璃下是图书的另类仓库，我们犹如行走在书海之上；四周以书为墙，连放套装连环画等大部头书籍的楼梯底部也是一座难求，看来这里的"爱书人"不少啊！

"再来一张？"准备登高看新鲜，却见拍客忙不迭。书店的楼梯是木制的，每个楼阶中都藏有图书，高高的书墙立于一旁，气势彰显，引得游人伫足留影。

穿过长廊，万国馆的深邃神秘，瞬间被宽敞亮堂替代。"上海主题书馆"，小皮轻声念出馆名。扫过一排排素漆书架，目光所及之处皆是上海人文历史风情书籍。

我和小皮各寻得一本"海派书籍"，找了一处露台，坐下休憩品阅。不一会儿，年轻的店员就端来热气腾腾的"书香咖啡"。"上海话里，'好玩'就念'好白相'？"小皮翻开一本"上海话教程"，用"洋泾浜"调调读着。"呵呵，你太可爱了！"我喝了一口咖啡，看着这个率真姑娘，心里泛起欢乐的浪花。感谢钟书阁，给了我们露台、咖啡，还有书，可以天

南海北的聊叙，也可以在惬意中阅读彼此。

走入小镇深处，没有了喧哗和嘈杂，只有安静闲适。漫步其中，城嚣远了，心头的烦杂、浮躁也远了。走累了，就在路边的木椅上坐坐，或到咖啡馆里，"偷"半日悠闲时光，静静地感受那纵横在午后阳光里的英伦浪漫。

愚园路：心中的"乡愁"

文／余 元

　　愚园路不长，也不宽，路两旁是高高的行道树，带有西式元素的新式里弄房子和花园别墅洋房。这些掩映在绿树丛中的花园别墅、公寓住宅，既融入了西方近代建筑风格，又体现着上海的民间特色。

　　秋日的午后，漫步在蔽日浓荫下，和风徐徐，步步是景，心旷神怡。经历了旧上海的租界喧嚣，经历了文人墨客的川流居住和老洋房里的七十二家房客，现在的愚园路，添了人间烟火气，平和温婉又不失风度。置身于此，仿佛在和历史对话。

　　愚园路和南京西路平行又紧邻，风格却迥异。南京西路繁华富丽；而愚园路朴实雅静，自然蜿蜒，随心漫行，移步换景。行道树是传统的悬铃木，不经意间还能看到老槐树，高耸粗壮，半棵占据人行道，半棵挤到慢车道，树是越老越美的，应该是愚园路开辟时的行道树。

愚园路，是一条东西向的马路，东起常德路静安寺，西至中山公园。1911年公共租界工部局越界填田基浜筑路，因路的东端常德路口有一著名的私家花园"愚园"而得名：愚园路。

20世纪初，愚园路由于东邻市区，西通郊区，交通便利，地价低廉，又西邻兆丰公园（今中山公园），中外达官商贾以及一些公司银行纷纷在此择地建造洋楼别墅，逐渐成为沪西高级住宅区之一。诸多中外名人在此居住和生活，并留下动人的故事，著名的洋楼别墅有汪公馆、严家花园、涌泉坊、宏业花园、岐山村等。它们成为了愚园路丰富的历史人文景观，在岁月的长廊里刻下了永不磨灭的痕迹。

沧海桑田，历史变迁，愚园路的前身"愚园"早已淡出人们的视线，但愚园路所表现出的雍容华贵的气质，至今仍深深吸引着大批的中外人士，她所散发出的淡淡幽香也熏陶着行走在这里的人们。

在这里，无论是红色革命足迹，还是民主运动足迹、谍战足迹、文人足迹、金融足迹、实业救国甚至所谓曲线救国足迹，都有迹可寻。曾经的愚园路，几乎将上世纪上海滩"大咖"一网打尽，这条幽长的马路承载了一段丰富的近代史。

岁月静悄悄地在这条狭长的路上播下了种子，路边的房子带着原先的故事，静默在风尘里，诉说着往昔岁月。

欣赏愚园路有些讲究，要像老底子轧朋友谈恋爱一样扫大街，随便兜兜，看见的可能是有些杂乱无章的街景。市井气烟火气生活气浓郁，这也是生活在愚园路的一大好处，比较方便，用同济大学建筑权威莫天伟的话说，推门就是商场店贩，这就是城市生活。

过去，愚园路上几乎每条弄堂口都有小摊贩在讨生活，那也是街头一景。正是因为落在时间的尘埃里，没有太大变化，愚园路上的建筑看上去都有些老旧，倒也符合历史风貌的特点，当然也有内行从马路上就能看出些门道来。

愚园路对我来说有着特殊的纪念意义。当年，学农结束，我在金山枫泾回上海市区的火车上与她相遇。都是情窦初开的青春少年，共同的话题使我俩很快从初识成为莫逆。

她说，她是市西中学的。在当时，尽管进中学都是按照地域划分的，但是，我们对诸如市西中学等原先的市重点中学，还是很向往，对在那里就读的学生有一种莫名的敬意。

坐落在愚园路上的市西中学，是上海中心城区一所规模大、环境美、设备精、质量高的一流学校。学校前身为1869年创建的"尤来旬学校"，1946年，留美硕士赵传家在"汉璧礼西童公学"基础上，建立了市西中学，并根据孔子"好学近乎知，力行近乎仁"的论述，提出"好学力行"的校训。周国治、沈力平、陈德铭等一大批院士、学者、知名人士都从这里走向全国、走向世界。

她说，她的家也住在愚园路，离学校很近，穿过马路就是。为了佐证家与学校的距离，她举了一个例子：有一天，下午第一节课下课时，突然电闪雷鸣，乌云密布。趁课间休息，她飞奔回家，抱起家里所有的雨伞，打算借给路远的同学，奔到教室，第二节课的预备铃还没响呢。

那时候，我和她经常漫步在愚园路，看着那斑驳陆离的老建筑，听她说关于老建筑的种种轶事趣闻。她说，女钢琴家顾圣婴的居所离她家不远，她小时候每天听着顾的琴声做作业……

毕业分配时，我们各奔前程，她去了江西婺源，我去了安徽六安。一别多年，再次相遇已是40年后的仲春，依旧是在这条愚园路。

那天我和她坐在百乐门舞厅的卡座上，喝着蓝山咖啡，听着优雅舞曲，望着舞池里旋转跳跃的青年男女，感慨不已。她说，1977年恢复高考时，她从江西农村考上省城的大学，再到法国去读研，一圈兜下来，不知不觉离开愚园路已近半个世纪。近些年回来，每次走在愚园路上都发觉它在悄悄变化，此次回来感觉它的变化实在太大了，可以用颠覆性一词来形容，差点认不出回家的路。她笑着说，然而，这条路再怎么变迁，还是她看惯的温馨体贴的模样。无论是在江西农村还是在异国他乡，愚园路一直是她心中的"乡愁"。

是的，今日的愚园路，在历史的嬗变中，迎来了她的新生，开始演绎新一轮的故事。

如今，这条似乎停留在历史中的马路，正在被慢慢改造成融合艺术、设计、人文、娱乐的跨界生活美学街区，不少街边铺面都被"重塑·新生"的牌子包裹住，等待"焕新"。潮流概念店、专业买手店、文艺书店、品牌集合店、精品餐饮店……一切渐成气候。

掩映在梧桐丛中，老建筑林立的马路改了头脸：长宁区少年宫门口，出现了一家城市时代艺术人文书店。走进书店，嘈杂仿佛被关在了玻璃门外，S形的白色书架摆放了不少有关艺术和人文的书籍，每个种类都有一定比例的原版书，还引入不同种类的国外艺术设计期刊。靠墙的书架则陈列着《地球之舞》《小棚屋》等儿童绘本。书店不但有书香，还有咖啡香，一些读者忍不住赞叹"此地有品位、有艺术气息"。

愚园路1107号的创邑space弘基门口，原本380多平方米的停车场变身为开放式耐踩踏草坪，经常举办草坪音乐会、街头艺术表演等一系列文化专题活动。如今这里还是"求婚圣地"，每隔一段日子这片草坪就会见证一对新人的浪漫时刻。

那天，我和她在创邑的大草坪上，见到一对新人在拍摄婚纱照。"头再往新娘那边靠一点。"那位扎着马尾巴的摄影师，手里端着相机，嘴里不断地叫唤着。随着一声"OK"，摄影助理将新娘拖曳在地上的婚纱长裙用力往空中一甩……我和她看着这一幕，相视一笑，现在的生活真的是太美好了，天下有情人都能成眷属。

Glass Island是这个街区唯一一家可进行玻璃艺术体验的文艺店铺。在这里，可以了解中西方古代玻璃文明的相关知识，体验中心还提供咖啡美食，在回味咖啡浓香的同时可欣赏当代艺术玻璃的魅力，零距离感受艺术家表演的热力。

正在打造的愚园路生活美学区，将会让生活变得美观、有趣，而不再像传统超市、菜场那般嘈杂。在充满烟火气的七件事里，一样可以追求精致的生活品质。

原先坐落在路两旁的汤包店、面馆、小杂货店……通过腾挪空间的方式，从街面进入弄堂内联合办公大厦的底楼空间，以更合适的方式"嵌"入街区商业新生态。

她说，这才是真正的城市生活。街区更新如果脱离了柴米油盐，脱离了原住民的感受度，就如同大树丢了根基。资料显示，改造后的愚园路，那些大饼、油条、粢饭、豆浆摊，以及水果店、日常用品维修点等，将在更贴近居民的地方，在纵深的弄堂里拥有一席之地。

愚园路上，新涌现的一家家新潮小店，重新定义了城市艺术，让人们在感受每一块砖瓦历史积淀的同时，以新兴的创意点亮年轻的生活。这个新一代的网红休闲地，正在成为时尚青年的新宠。行走在这条经过百年岁月洗礼的马路，三步两步就能体会生活的惊喜，体验过去和现代的融合。

有人说，愚园路的灵魂是其百年的历史积淀，而新的活力来自城市更新中所注入的新理念、新格调，生活艺术化、艺术生活化，是愚园路历史风貌区所要诠释的重要理念。

漫步在愚园路上，浮想联翩。这条路，记录着斑驳的时光，给了人们一份回忆的惬意；这条路，有艺术，有人文，有佳肴，选个美好周末，和

二三好友来此，过个惬意的假日吧。

无论是在阳光温暖的午后，还是被雨水打湿的夜晚，漫步在这条路上，你都可以享受到宁静的安逸，繁华的舒适。

点赞大学路

文/杨 洋

秋分那天，天气很好，阳光温暖，微风吹拂，飘来淡淡芬芳。深深呼吸，馨香漫入心房。

我坐在疾驰的地铁8号线上，看不见天空。但我知道，云一定在惬意地游走。我听不见风声，但可以闻到云的味道。云吐纳的气息，是流淌在我心底多年的积攒，像是院子里的茉莉，夹杂着最自然的乡音。

"五角场站到了。"随着人流，我缓缓地往出口处走去。此行，我的目的地是位于大学路一隅的江湾体育场。我一个朋友的儿子在那里办了一个篮球训练营，据说经营得不错，引来许多风投的瞩目，A轮B轮两轮投融资达到4亿之多。

朋友的儿子，曾因为不安分，一直让我们揪心不已。大学毕业后，他

先后在外航公司和新闻媒体工作过。体面的收入和社会地位，常人眼里很不错的差事，却不受他青睐。他喜欢折腾，不甘平庸，瞄准了体育这门营生，辞职搞起了篮球训练。前几年，经营惨淡，为了维持训练营的运转，囊中羞涩的他，将市中心那套与父亲同住的房子，置换到外环线以外，用差价来贴补公司运转费用的不足。为此，我们常批评朋友教子无方，老了老了，还要搬到远郊去住。

自主创业后，朋友的儿子曾经先后将培训场地开设在宝山、黄浦、徐汇等地，然而业绩平平，甚至接连有好几个月的营收是白板。为此，朋友急得双脚跳，他儿子却镇定得像个没事人。朋友爱子心切，尽管心里有千般不舒服，但是对宝贝儿子从来不指责一声。

也是该他时来运转。2012年，在一位朋友的介绍下，朋友的儿子在江湾体育场租下一块场地，装修一番开张后，效果出奇的好，每天前来参加运动的人络绎不绝。说句夸张点的话，是，数钱数到手发软。

业绩上去了，公司步入了良性运转的轨道。为了使业绩更上层楼，他不惜花巨资聘请国外著名的篮球运动员前来执教，并提出了"打篮球，学英文"的宣传口号，一时报名者众多。

建于1935年的江湾体育场曾是旧上海体育场，解放前是远东规模最大的体育场，举办过第六、第七届全国运动会。而今，作为大学路创智天地的重要组成部分，江湾体育场经过整修，变身休闲运动中心，设有篮球场、足球场、游泳馆、健身步道、羽毛球场。

他说，来参加训练的人，大都是在大学路创智天地一带上班的白领，工作之余，抽时间来锻炼一下，养精蓄锐，以更饱满的状态投入工作。

大学路是上海五角场附近一条东西走向的小马路，长约700米的林荫道，直通复旦大学，由国际知名设计师和建筑师参与规划，充满浓浓的文艺气息。路两旁70余家店铺一家挨着一家，遮阳伞、露天咖啡馆、文化书吧、特色餐厅酒吧、创意零售，很巧妙地将文化融入生活之中，让艺术成为生活的常态。

作为杨浦区第一条允许商家在人行路上放置"外摆位"的道路：精致的店面外，露天摆放着休闲桌椅，配以雅致的鲜花和青翠的绿植，生机盎然。坐在遮阳伞下，品一杯咖啡，吹吹微风，看看街景，"假装在法国"，很有一番浪漫情调。

这条路上的创智天地建于2003年，是"工业杨浦"向"知识杨浦"转型的标杆性项目。整体投资规模超过100亿元，总规划开发面积近100万平方米。将周边大学校区、公共社区、科技园区融成一片，旨在创造"城市的大学，大学的城市"。创业者和白领的工作、生活、娱乐、休闲、运动，都可以在步行范围之内实现。

朋友的儿子邀请我们到半山小馆午餐。半山小馆是一间专注于烹饪台湾家常菜的餐厅，以咖啡小馆为雏形的设计理念，为之平添了一分秀气。

小巧玲珑的地方，紧凑地摆放着十二张桌子。靠窗位边，浅灰色的木质连体沙发与两张独立的皮椅，分别放置于灰色大理石桌子的两旁，白色的碗碟，柚子形的杯子，绅士帽与草帽形状的吊灯，整间餐厅低调、优雅。

朋友的儿子很健谈，席间，他如数家珍地说，创智天地是五角场市级副中心的中部地区，主要项目有创智中心、创智坊、江湾体育中心、创智科技园等。

来他这里参加篮球训练的客户，不少是经营咖啡馆的。擅长在高校周边经营的"雕刻时光"，是大学路"文艺挂"咖啡馆里的老牌子。他说，"雕刻时光"，2011年在大学路筹建了第一家店。那时候大学路的业态还不明朗，现在大学路几乎成了咖啡馆的天下。据说，"雕刻时光"东南区域总经理每周至少访店一次，有时一坐就是一天。有人问这位总经理，这几年都看到了什么？

这位总经理回答，大学路紧邻高校，在高校周边经营是我们的特长，当时我们觉得这里可以成为品质街区，这周围没有特别高的建筑，店铺外摆区域很大，可以让人慢下来。慢一点的地方，适合喝咖啡。

创业的人，几乎都有咖啡馆强迫症。在到江湾体育中心之前，朋友的儿子调研了很多家咖啡馆，专门写了调研报告，比对各家的餐品水准、存活能力、活动能力、品牌合作意愿。问其为何这么做？他答："每天和形形色色的人打交道，夸张的时候，一天要进出咖啡馆三四趟。再者，每年举办那么多场宣传推广活动，最好有一个长期稳定的茶歇服务供应商。"

近年来，各种门派的咖啡馆在"创智天地"周边冒头，于是有了精品咖啡馆。朋友的儿子说，他是精品咖啡馆的常客。精品咖啡馆强调独立于连锁咖啡馆的身份，讲究咖啡豆的产地，讲究烘焙和萃取的工艺，对客人也有点挑剔。

他举例，在一众连锁咖啡馆、文艺咖啡馆的包围中，"73咖啡"以"极客"作为品牌主题，处处表现"极客文化"，墙上平板电视滚动播放着《生活大爆炸》。公司职员和创业者是这家店的主要目标客户。

创业潮温度几何，咖啡馆里数数人头就有眉目。创智天地现在大约有40家咖啡馆，主打创业牌的不在少数。

创业，为什么需要一家咖啡馆？朋友的儿子诠释道，公司慢慢上路了，缺人缺得厉害。每次招人面试，他总把对方约到楼下的咖啡馆，"初创企业招人难，招人就像相亲，第一印象很重要，咖啡馆调性好，在那儿谈事儿比在工位上合适"。

创智天地空间的"森林"里，有乔木、灌木，花草葱茏，绿意盎然。在朋友儿子等年轻创业者看来，它不只是一个物理概念，而是有温度、有故事的所在。

据说，早上8点，年轻的创业者们就来上班；晚上10点多，许多众创空间里，半数以上的房间灯火通明；下了班，大学路周边，都能吃上一碗热腾腾的面条，坐车回家，十分便捷。

这条路上的餐饮店，给人一份别样的惬意与清新之感，且不乏一些极具创意的料理，如日式小清新糖水铺、泰国时尚餐厅、DIY蛋糕烘焙、地中海风格西餐厅等。

朋友的儿子是一个被创业热情点燃的"夜猫子"，他说开在大学路旁的IPO CLUB打出的招牌是"创业不打烊，24小时营业"。在这里，无论多晚，都可以随时开启海聊模式，不会孤独。

朋友的儿子介绍，创智天地里，20多岁的年轻面孔占了很大比例，他们的创业项目吸引了众多风投的目光：有做奇奇怪怪微信表情的；有做舞蹈类社区的，名曰"跳吧"；有做"二次元"虚拟社区的，在这个地方，90后玩得热火朝天……新奇的、好玩的、严肃的、高精尖的……几乎各类创业项目都能在创智天地找到落脚点。

饭后，我们走进猫空书屋。大学路上的这家"猫空"是目前上海6家门店里最大的一家，环境宽敞明亮、安静舒适。

午后的秋阳，暖暖地透过树荫，落在地上，阳光盈窗，珠帘卷，一瓣心香，氤氲着时光，源远流长。卷一墨心景，轻描，填补那一秒，还有心的照耀。这里的主人经营着自己深深爱着的东西，小到一张主题明信片，大到一本书籍，每一样都有着他们生活的理解和感悟。"猫空"不仅仅是一个书屋，同时也提供颇有特色的饮品。

手工奶茶一直是"猫空"的骄傲，虽然品种不多，却是不添加任何添加剂，全部用进口食材制作，从香港丝袜奶茶到英国伯爵奶茶，从中总能找到一款心仪的茶品。

秋分了，风更凉了，午时的阳光却妩媚得动人。我们静静地坐在猫空书屋里，看看近处的绿植，近处的高楼，遥想远方。远处的风景呵，只能透过天空中大片大片的云，去很远很远的地方采撷。

朋友的儿子爽朗地说，他准备用这些年的经营积累，在市中心买一套房，让父母重新居住到生活了大半辈子的地方。他自嘲道：享受一段时光，笑看一段过往。从最初的心情迷茫，到现在的豁然开朗，点点滴滴聚于创智天地。终究，人，都是在磕磕碰碰中不断成长。只要有梦想，未来一定明朗。

是的，我们会心一笑。为他的成长，也为创智天地的未来，点赞。

漫步滨江大道

文/紫 玉

　　我喜欢闲散地坐在浦东滨江大道上，听对岸海关大楼钟声悠悠，听江面偶尔低沉的鸣笛，就着饮料坐看江景，江风拂面的感觉甚好。特别是日落时分，很有情调。

　　凭栏眺望，浦江水静静流淌，带走了一代又一代人的记忆，留下无限遐想：宽阔的江面、浦西经典的万国建筑群和浦东的摩登建筑群，形成现代国际大都市人文历史与自然景观相互交融的壮美画卷。

　　滨江大道，是一条与浦西外滩遥相呼应的水岸景观休闲大道，犹若彩带飘落在浦江东岸，被誉为浦东"新外滩"。这条全长2500米的大道集观光、绿化、交通、服务设施于一体，是着眼于城市生态环境和功能的沿江景观工程。滨江大道由亲水平台、坡地绿化、半地下厢体及景观道路等组成，生机盎然的翠色"蜿蜒"在东方明珠、金茂大厦、国际会议中心和香格里拉大酒店等现代建筑之间。

　　漫步江畔，闻涛声，嗅清风，心旷之，神怡之，颇有移步拾景之意趣。滨江大道上有座滨江公园，公园北段保留了拥有半个世纪历史的原浦东公园，北端临江处有一条长268.2米、宽4米的江堤。堤上设有座椅，堤旁植有花木，在滨江大道建成前，这里曾是观赏黄浦江的第一胜处，被称为"临浦晚霞"。

踏入园门，便见一座大型独立花台，鲜葩争妍，簇拥着一块暗红色长方形石碑，碑刻"滨江公园"四个鎏金大字，在四周高楼的衬托下，尤其醒目。放眼望去，偌大的草坪翠色欲滴，松软无比，蓝天绿地间沙鸥翔集，汇成一道都市风景线，美不可言。

这里的广场叫天地广场，内圆外方，寓意天圆地方。广场上有口巨大的世纪和平大铜钟，于20年前世纪之交铸造。上面镶有东南西北四枚指针，长19.97米，铜环内圆半径7米，外圈半径1米，象征1997年7月1日香港回归之日，亦为首期滨江大道建成开放之期。兀立江边的那座通体透明形似鸥鸟振翅的建筑，名曰"海鸥舫"。候船码头、餐厅、咖啡吧点缀其间，它的设计充分体现了人与自然的结合。乘船游江的人们可由此步入滨江大道，继而抵达国际会议中心、东方明珠塔、水族馆、昆虫馆……

海鸥舫门前，清泉喷涌。原木围成一方方花坛，红伞撑起一朵朵彤云。这里的座椅，造型别致；这里的路灯，形态前卫；这里的鲜花，明艳动人；这里的绿植，沁人心脾。这里的心绪，也如这景致——宁静致远。

滨江大道沿江建起了数百米长的亲水平台。站在其上，面朝滚滚东逝的浦江水，呼吸着湿润的空气，感受着母亲河汹涌博大的爱意。东方明珠脚下的草坪，立着一块有着百年历史的压舱石。别看它貌不惊人，却意蕴深远。1998年4月，美国马里兰州"巴尔的摩之傲二号"快帆船，远涉重洋来中国访问，停泊于浦东滨江。船长和全体船员向上海市慈善基金会转赠了檀香山华侨捎给上海人民的礼物，即此压舱石。此石曾在19世纪中叶，经中国带至美国檀香山，寄托了海外华侨的思乡之情。

在音乐亲水平台中央，名为"三泉嬉珠"的街景喷泉，在落势缓缓的墙体中，呈现出叠水喷泉、流水潺潺和瀑布直泻多重景致，由高及低，一气呵成。放眼望去，东方明珠的中球体，宛若喷泉吐出的璀璨明珠，别有生趣。

"三泉嬉珠"旁，是一家星巴克，隔着透明玻璃，品咖人士正在笃悠悠地观览着江景。店门前带凉棚的咖啡座，也是咖香袅袅，白色桌布搭配红色

沙发椅，夺目而妖冶，有人说这是上海滩风景最美的星巴克。

沿江走去，一爿爿餐厅、酒吧皆布设了江景雅座。在现代感极强的立灯映衬下，滨江大道洋溢着浓浓的时尚味道，在滨江品味一顿精美餐点，浪漫的感觉无法言喻。

The Kitchen Salvatore Cuomo，是漫步滨江不得不去的一家餐厅。木桌纹理和素色餐布的配合，简约明朗，愉悦着食客的心情。正宗的意式风味，正对浦江的落地大玻璃窗，正式的商务洽谈环境等，都体现出The Kitchen在滨江大道的主体地位。色彩缤纷的冷菜拼盘清新可口，淡淡熏香的三文鱼细腻嫩滑，奶味十足的番茄配水牛芝士色拉质感厚重，不甜不腻恰到好处。置身于此最大的满足是，可以将整个外滩尽收眼底。

To The Sea有一个充满诗意的中文名——望海。全玻璃的建筑结构使这家葡萄牙海鲜餐厅脱颖而出，也将浦江风情一网打尽。由帅哥主厨Bruno巧手打造，主打葡萄牙海鲜料理，食材从欧洲各国进口，沪上少见的海鲜主题下午茶更是吸引了一众吃货。食点包含生蚝、鲜虾、三明治以及各式甜品。看潮起潮落，品葡式美味，享一段海洋风情时光，能不惬意吗？

"纯意堂"落户滨江大道，位于东方明珠身侧，可俯瞰浦江景色。走进餐厅，如同穿越时空来到意大利文艺复兴时期。二十多种口味的披萨，融合意式包馅和手工薄底两种做法，经典而多元。各类食材的水分与肉质都被牢牢锁在披萨皮中，切开能见食材原汁流溢，令人垂涎欲滴、食指大动。这家店的色拉、奶冻芝士蛋糕、冰激凌球，也是爽口润滑，浓郁而不甜腻，口感久驻唇齿。

踱步间，不觉来到名为TAVOLA的意大利餐厅。据悉，这家餐厅是由北京传入的。在餐厅的露台上，很多人在静静欣赏浦江风景，还有一些人顾盼两岸，细数着岸上一幢幢地标性建筑。这里的海鲜意面是块招牌，面条伴有蛤蜊和虾仁，鲜度极好。煮出来是正宗意面半生的偏硬口感。酱汁浓郁入味，同样让人流连。

在这里，美食和社交碰撞出来的火花，非常美妙。

滨江大道上的"滨江壹号"同样值得一提。它曾是在德国有着80年历史的顶级餐厅，以现代欧陆菜系为主要料理，一楼是温馨的阿尔卑斯小木屋，二楼则坐拥浦江壮丽景观。优雅的花园和充满历史感的建筑，构筑出闹中取静的完美格局。味蕾亦能在此得到满足：布列塔尼鳕鱼煎炸有度，外皮微微焦黄，内里却是相当的滑嫩；前菜的冷切烩牛脸颊冻糕配香草色拉蘑菇汁，风味清新，口感独到。再就一杯甘醇美酒，迎着徐徐江风，让烦与忧吹散在风里。

江畔的"宝莱纳餐厅"也很有特色，是一家巴伐利亚美食啤酒花园餐厅。鲜酿宝莱纳啤酒的整个酿制过程是遵循1516年德国最古老最严格的酿造法则精心酿制的，不添加任何香精，口感柔软，含有浓郁和令人回味的苦味。在品尝精酿啤酒的同时，巴伐利亚美食世界也向人们敞开。美味的开胃菜、沙拉和汤，香软的乳酪、新鲜的德式面包、精致的餐后甜点，以及传统的日耳曼猪肘和自制肉肠系列，每一口都能让人体验到巴伐利亚的滋味。

在滨江大道上，全透明的风景观光厅和文艺演出精彩迭出的欢乐广场，成了一道人文景观。令人产生怀旧感的是，这里原先是历史悠久的上海立新船厂旧码头，历史的轮船曾一次次在这里停泊、起航。望着高高耸起的铁锚，人们会触景生情地缅怀过去，欣赏当下，憧憬未来。

夜色渐深，漫步在滨江大道，浦江两岸华灯炫目，幢幢大厦如璀璨的水晶宫，格外缤纷。广场上，百余个喷水头组成的巨型水池，在绚丽灯光映照下大放异彩。呵，滨江大道，你就是一个梦幻世界。

"走马观花"绍兴路

文/闻 迩

　　记得一个夏日午夜，下班独自经过绍兴路，整条街一个人也没有，咖啡厅、书店等也都黑漆漆的一片，只有昏黄路灯掩映下梧桐的黝黑影子。我始终觉得这才是绍兴路的本来面目——神神秘秘。

　　绍兴路是一条很有故事的马路，虽然从东到西不过五百米的样子，与周围繁华的淮海路、陕西南路相比，显得有些落寞；但路边的法国梧桐，百年老洋房上斑驳的颜色，经过岁月洗刷，依旧保有神秘的色彩。

　　近百年来的浸濡，使绍兴路有着自己独特的韵味，最直接的感觉是幽静，一踏入绍兴路，周遭的车水马龙嘈杂之声立刻消失得无影无踪。走在夏日上午的绍兴路，踩着浓密的梧桐树荫，慢慢欣赏路旁几近百年历史的老洋房，会觉得时间对待这里似乎特别宽容。

绍兴路很窄，两边是高大的梧桐树，路上没有公交车，街头有画廊、书屋，街内藏着好几家著名的出版社，有书吧、画吧、俱乐部，整个街区充满浓浓的文化气息。

绍兴路名气显赫，我看到形容这条马路用得最多的一个词就是"充满人文气息"。据说，戴个墨镜，脚步速度维持在每秒半米，眼神做饱含深情环顾四周状，在这条路上一走，你就小资了；或者花个四五十块钱在书店买杯咖啡，拿本书坐在靠窗户的位置，你也就小资了——这的确是个催生小资情怀的地方。

绍兴路 5 号的上海新闻出版局，房子的前主人是南市电力公司老板朱季琳。豪宅内有教堂、大花园、游泳池、网球场、舞厅、弹子房、电影放映室、音乐排练厅等等。解放后，朱家上下几十人如星云流散，这幢房子便由国家接管。

登上台阶，由绍兴路7号步入门廊，可见顶部仅用一根单柱支撑，颇显简洁之美。楼梯口有铜制的流线型扶手，抬头可见巨大的长方形彩绘玻璃窗，上面绘着花草和树木。门廊左侧通向被称为"文化的客厅"的上海文艺出版社读者俱乐部，里面向外的窗户全是和楼梯口一样的彩绘玻璃，华美而精致。

绍兴路9号的上海昆剧团建筑，建于上世纪30年代，为三层楼现代建筑，外部形态并不张扬，而内部则显露出典型的装饰艺术特征，最具特色的是两边长长的楼梯。沿楼梯而上，可见古典吊灯，周边是狭长的彩色玻璃，墙面上是古旧的彩格窗户，透现出典雅明媚的艺术效果。尽管时光流逝了70多年，但大厅墙上叠加螺旋状的石膏装饰，当初的华美印记依稀可辨。

这种"皇家气派"的格局是整个绍兴路上多类历史保护建筑中所独有的，周信芳在此练功。这座建筑历经沧桑，已变样很多。资料显示，这里建造时甚为考究。原属法国警察博物馆。博物馆内设俱乐部，有舞厅、剧院、咖啡室、吸烟室，供法国公董局的警察以及家属消遣。

昆剧院里面的舞台就叫兰馨舞台，兰花幽雅的气息把绍兴路的文化气

息熏得更为浓郁。周末，兰馨舞台常常会举办昆剧票友准票友聚会，一些时尚的年轻白领迷醉在古老而典雅的昆腔中，让自己心底的浮躁一点点远去。昆剧团门口开了一家名为"新吉诃德"的餐厅，文绉绉的名字透着书香，让人想起中世纪的西班牙骑士，可它却是一家地地道道的中餐馆。

昆剧院对面的小洋楼，有一个玲珑的玫瑰阳台。据说，当年关锦鹏拍《红玫瑰与白玫瑰》时，很想让陈冲演的娇蕊在这个阳台上梳头的，可是玫瑰阳台的主人始终没有答应，为此，这位大导演还纳闷了很久。他不知道，这里的人不习惯自己的清静被打破，何况，这个"梳头"的镜头多少还带点诡异呢！

绍兴路上的27号是杜月笙的宅邸。杜月笙是20世纪上半叶上海滩极富传奇色彩的人物之一。当年，有一位母亲带着两个女儿以唱京剧小曲谋生。某日，杜月笙来看戏，看中了三人的美貌，便托媒人提亲，媒人问及他想娶的是哪一位，他只是点了点头，媒人当即明白他的意思，随后向母女三人游说。面对当时有钱有势的杜月笙，区区三个弱女子只有服从的份儿。之后，杜月笙就在这条安静的绍兴路上，为三人添置了住所，对外宣称娶了个四姨太，与张爱玲小说《半生缘》的情节颇为相似。如今的"老洋房"，成了独一无二的餐厅。

绍兴路54号，曾是杜月笙的小公馆和一个不为人知的秘密住地，有"笙馆"之称，建于1920年。如今靠近大门的花园小径旁一块太湖石上绿色的"笙馆"两字十分抢眼。相传，上世纪二三十年代有个著名风水大师曾经得到过杜月笙的关照，他一心想报答杜月笙的恩情，在知道杜月笙想造这房子后，独自前往此地，专门在这里守了36个小时选定黄道吉日利用地心引力、月亮和地球的转势为杜月笙公馆的每寸土地尽心地用风水布局。等"笙馆"建成，里面的摆设放置完毕，这位风水大师就飘然离去。

这里曾经是杜月笙和黄金荣等一批上海滩名绅大亨密言私语的私邸，梦花堂是杜月笙的堂会厅。笙馆的花园里种了两棵女贞树，传说这位风水大师测算出杜月笙人到中年后会出现两个最喜欢的女人，而且这两个女人一直会与他相伴到老（孟小冬，姚玉兰）；雌雄各一棵的银杏分别站立在两旁，好似一对夫妻相互照应；水池的顶上有棵石榴树象征着杜家多子多孙，水池里面的龟嘴不断向公馆门口吐着取之不竭的水，象征着滚滚财源奔向杜家。

绍兴路上的绍兴公园，原为绍兴儿童公园，可以说是上海最小的公园。虽然小，但麻雀虽小五脏俱全，楼台亭阁一样不少。它是戏曲艺术主题公园，公园漏窗前的墙上介绍着京剧、昆剧、越剧、沪剧等剧种的含义。前庭区有林荫匝地的门墙小院，山石壁景及犹如深岩幽壑的"天趣"洞天，园墙上镶嵌着一帧帧京剧脸谱；中庭区有湖石假山、峭壁叠瀑及澄碧池水，"韵幽""馨逸"的景门景墙及健身路坪等；后庭区有仿竹廊亭等，虽是弹丸之地，却也匠心独具。逛累了，不妨到里面去坐坐，偷闲看看树木花草，呼吸呼吸新鲜空气。

绍兴路上的维也纳咖啡馆，据说是上海唯一的奥地利式餐馆，能喝到维也纳最流行的维也纳美兰奇咖啡，这家咖啡馆恐怕是上海最接近奥地利的地方。上世纪三十年代，曾经有人把犹太人聚集的霍山路地区称作"小维也纳"，如果放到今天，他们或许会选择这里。但门面实在太小，很容易错过。

摄影家尔冬强开的汉源书店，现在几乎成了绍兴路的标志，这里也曾是张国荣来沪最喜欢的一个地方。店堂里摆着旧家具和各式古董，曼妙的古典音乐如烟雾般漫溢整个空间，淡淡书香，浓浓咖啡香，这样的优雅氛围，在上海的书店中大概也是独此一家。一个人在这里喝咖啡看书，或是和朋友聚会聊天都是一种享受。

据说，张国荣就喜欢汉源书店的清幽。在上海开演唱会的一天下午，张国荣曾独自泡了茶，坐在汉源书店里翻看藏书，消磨了几个小时。临行前，他还轻声抱怨，要不是晚上有演唱会，他可以在书店里头待更长时间。

在汉源书店进门处的弧形书架上，有许多外面很少见的画册，其中一本上面就有张国荣1994年来上海拍摄《风月》时留下的花絮照片。张国荣还曾

将汉源作为他的写真集拍摄的一景，他对汉源的喜爱程度可见一斑。

书店现在的布局，同当年已全然不同：还是那个角落，写真集中摆放沙发的那个位置，现在是一套桌椅。张国荣曾坐过的那张沙发，被从落地窗边移到了内侧墙角，沙发套也由红绿相间的大花纹换成了明亮的橙色为主的直条纹，不禁让人唏嘘起物是人非来。

往前没走几步，看到一个小门脸叫"戏话"，掀开京剧脸谱门帘，有位姑娘热情地招呼我进去喝茶。才想起先前有朋友推荐过这个听戏空间。老板是兄妹俩，哥哥爱茶，妹妹爱戏，他们一起把茶和戏结合起来，开了这样的听戏空间，在这里听戏、分享、讲座、交流，说晚上会有一位南音老师来表演。妹妹热爱戏曲，全国各地听戏，也写戏评。最后开了这样一个戏空间，让更多戏曲爱好者有一个自由交流和听戏的空间。

……

时光炖煮了过往，也炖煮着现实。文化的繁荣生长也是文火细工，如同树的生长，在那里，在每一刻的时光里，积蓄生机。一条路，亦然。无论洋房还是里弄，立柱屋檐，砖瓦雕饰，从上世纪二三十年代建造伊始，代代人事，风光或是平淡，已然流水而过，旧了老了。各种修缮改建，在阳光里，一切安然凝立。

绍兴路不论曾经还是现在，都飘着浓浓的书香，是条闻名遐迩的文化街。

第三辑

怀旧

黑胶片，老唱机

咿咿呀呀一段旧曲

玲珑袖，曼妙锦

娉娉袅袅一抹倩影

新绿忆昔梦

落黄思故雨

长街短巷走如烟

怀念，怀念

老码头，情节总摩登

文/杰 文

国庆节的夜晚，月朗星稀，和风徐徐，漫步在南外滩外马路的江边，听江水潺潺欢畅，看两岸灯火通明，惬意舒适。站在面向黄浦江的短街、小巷，透过陈旧的石库门门廊，对岸陆家嘴的摩登景色清晰可见。在自己熟悉的城市里，抱着度假的心态去寻找这有历史的老建筑，是一件很棒的事。

不知不觉，走到了南外滩时尚新地标，有江边新天地之称的"上海老码头"创意园区。"上海老码头"是原来的十六铺，这是一个有故事的地方，也是"最上海"的地方。

对于有着"老上海情结"的人来说，上海老码头的落脚点，本身就有一种新天地无法比拟的浓郁味道——十六铺，从前上海连接全国乃至全世界的重要水上交通枢纽。在上海人的记忆里，码头是有摆渡、轮渡，南来北往人潮汹涌的地方，从过去的"跑码头"到今日的"逛码头"，上海经历了一段不短不长的传奇。

当年，杜月笙初到上海
滩，就在十六铺"鸿元盛"
水果摊当学徒，凭一手精妙
的削水果皮"刀法"发迹。

十六铺本身的故事，当
然比杜月笙要多得多。十六
铺形成于清朝咸丰、同治年
间，很快码头林立，范围在
上海县城大东门外，西至城
濠，东至黄浦江，北至小东
门大街与法租界接壤，南至
万裕码头街及王家码头街。

及至20世纪初叶，十六铺已经成为远东第一港口，1947年这片区域共有48
座码头。上世纪80年代，十六铺仍旧繁华。

"先有老码头，后有上海城。"作为工业重镇，十六铺见证了上海工
人的力量。而散布于黄浦江边的短街小巷，集中了老上海情调的核心元素。
如今，绝大多数的十六铺码头已退出历史舞台，"上海老码头"建于这块区
域，则具备了传承的意味。

有意思的是，"上海老码头"第一期施工的时候，工程队还挖出了一块
海关地界碑。这块界碑长1.5米、宽0.3米、厚0.2米，刻有"江海常关"字
样。根据上海市历史博物馆专家考证，"江海关"即江苏海关，清朝康熙年
间宽弛海禁，结束了从明初起实行的封闭海路的政策，并在沿海设立四大海
关，其中，"江海关"便设于上海。建筑在"江海常关"旧址上的"上海老
码头"，则更显传奇色彩，洋溢着老上海风情。

"上海老码头"的旧址，是原来的上海油脂厂和水产批发仓库等。从海
关到厂区、仓库再到创意园区，如此丰富的历史沿革，让"上海老码头"显
得更加厚重。目前，园内共有22栋建筑，布局完全维持当年上海油脂厂和水
产批发仓库的原貌。行走其间，建筑错落有致，规划合理，而建筑与建筑之
间也留有较大距离。

五栋沿江的框架式仓库一字排开，构成了浏览黄浦江景色的最佳瞭望
台。在这里，位置如此上好的库房大楼，早已被以小南国为主的大型餐饮商

家占领，未来可能是美味与夜景俱佳的品位之所，受到市民的追捧。

一号楼是景区中央主要位置的建筑，这是一栋非常典型、完整的石库门建筑，上下两层、前后两进、中间三开间门面、左右各有一跨厢房，正前方一号楼前则开出了三块一体的大型喷水池、一个喷泉广场、一条便道从水池中间穿过，可以供新郎手挽新娘在众目艳羡之下浪漫地走过。

走入一号楼的大门，迎面就是一个景观水池，淙淙的流水洗净了门外的喧嚣。水是可以抽干的，可以作为T台，用来走秀。由于水池比一般T台大很多，走秀场面必然壮观。有一年，老庙黄金斥巨资，用金条铺成了一条"财富大道"，举行走秀，引起了轰动，在黄浦区公证处的见证下，当场被记入吉尼斯世界纪录。

围绕景观水池的是餐饮、酒吧，它们还颇具特色。比如名唐餐厅，提供的均为环保、健康的有机菜；Top Choice的特色东南亚菜和粤菜很有名气；橡木桶音乐酒吧拥有一个国标舞池；"老码头壹号会所"则经营精品中餐……

广场上集中的是餐饮，广场后则为创意园区，融合了创意产品工作坊、先锋艺术家工作室、商务办公等元素。黄志伟介绍，这些创意工厂都采用"前店后厂"的模式，其中包括国家级旅游纪念品中心、美国思纳建筑设计有限公司、纹艺复兴、Quilt House拼布艺术店、谢艾格雕塑、马克服装等。

一号楼周围有大大小小一共20多幢建筑物，高低参差、或方或圆、或传统或现代，构成了整个商业景区。从它们原先的功用来看，此石库门和几栋两层的小楼显然是居住用房，其余或仓库或厂房或写字楼，大多数要么内布高空间，要么外设钢楼梯，给了建筑群一种非常别致有个性的外观形象，活跃而灵动，性格各异又完美有序。

二号楼、三号楼，是高大的五层楼建筑，中型的餐饮酒家云集；五号楼主体是坡顶的仓库用房，那是大型的连锁餐饮做的宴会楼，显然瞄准了婚庆市场；楼底下玻璃墙里面，星巴克已经老早开张迎客，并形成了可观的人气。

园区内许多商家都辟有举办派对的场地，有的在经营餐饮的同时，还配有KTV套房等。这些设施大大丰富了休闲创意园区的功能。

资料显示，2009年4月24日，王家卫的新公司"Axis Mundi台中央"宣布成立，开幕庆典就选在了"上海老码头"园区的精品弄堂酒店内。

那晚，精品弄堂酒店用来举办派对的房间，是一个偌大的空间，足有七八百平方米，而且没有任何分割。客人可以根据自己的需要，随意搭配。现场的装饰极为考究，30多盏灯均为国际名牌，据透露每盏1万元。地板则为进口的可再生地板，踩上去踏实、稳固。化妆间，分为男女两间，中间摆放着真皮沙发。据说，"王家卫办派对的时候，张震、范植伟、张智霖等就坐在里面吸烟"。

彼夜，有包括黄大炜、刘嘉玲、舒淇、张震、张智霖等明星在内的600位贵宾应邀捧场，现场气氛非常热烈。众明星还受邀在9升装的法国酩悦香槟瓶上签名留念，这个酒瓶已赠予李亚鹏、王菲主办的嫣然天使基金，用于慈善事业。

光看外表，被王家卫选中的派对场地的精品酒店可谓其貌不扬——立面陈旧，窗子设计也毫不起眼，房子顶层竖着一层钢板，显得锈迹斑斑。

精品弄堂酒店位于毛家园路上，属"上海老码头"二期工程，投资方"投入颇巨"。和老码头的其他商家一样，这里也是有故事的。酒店的旧址解放前为"上海宪兵司令部"，装修时保留了外立面的构造、颜色，只略微修改。整个酒店只有19间房子，装修均使用上好的进口材料，连窗帘都是很考究的。酒店聘用了米其林的厨师，其餐饮服务也颇具特色，融合餐厅、露天酒吧、派对等各种业态。

露天酒吧，位于"宪兵司令部"的露台，走上露台，发现此处视野极佳，黄浦江在眼前缓缓流过，对面便是陆家嘴金融中心，环球大厦、金茂大厦、东方明珠也尽收眼底，但又和那儿的喧嚣相隔绝。它是人们暂时逃离城市烦躁，享受舒适惬意的理想好去处。

秋日午后，坐在那里，品味红酒，既能感觉时代沸腾的心跳，又能享受休闲愉悦的心境。黄浦江就在眼前，游船在江上缓缓驶过，楼下曾是黄金荣、杜月笙的仓库，看江水滔滔，不免发出些逝者如斯夫的感怀。除了开放性，露天座位设计也考虑到了私密性，以保证客人既能饱览两岸美景，又能互相沟通，畅所欲言。

徜徉于园区，石库门的典雅，工业老厂房的质感，迎面而来。亦中亦西的水池在老建筑的包围下格外夺目，而四周的老建筑也在国际化视野的开发中更加彰显海派文化的韵味。洋招牌传达着一个更开放的上海和中国，点缀其间的法国菜、德国菜、印度菜餐厅足以满足不同人的不同口味。

艺术、文化、商业、时尚，这里聚集了各类艺术工作室、画廊、个性零售、水晶工作室、咖啡吧、酒吧、米其林大厨掌勺的西餐厅，这就是"上海老码头"的潮流混搭，呈给世人别具一格的海派文化。

在规划中，"上海老码头"还将南扩。门前距黄浦江最近的外马路，将重现海派风情，被改造成具有老上海风貌的步行街，有石库门、黄包车、有轨电车，有"浪奔，浪流"的上海，有浓浓的码头情结。

"上海老码头"里，每日上演的新故事，情节总摩登。老的故事被岁月风干，成为历史；新的故事在时光中成长，点亮生活。

烟雨南翔

文/楠　襄

　　"三月江南花满枝，风轻帘幕燕争飞"，古往今来，很多诗词歌赋都吟咏着三月的江南。江南好啊，风景旧曾谙，一如烟雨中的南翔老街，一踏入便春意环绕。

　　老街坐落于古镇的中心区域。此地规划面积14.34万平方米，内有人民街、共和街、解放街和胜利街，为传统的商业区和居民住宅区。经过整修，恢复了清末民初"银南翔"的历史风貌：房舍参差，商铺鳞次，堂前屋后绿水潺潺。

　　到底是江南的名镇，此刻我眼中的景色，分明就是画中的江南。在这初春的三月，展开了美丽的容颜。路旁的小草、簇拥的花树、摇摆的垂柳、随风微漾的春水，如同秀美的江南女子，婀娜多姿。

细雨蒙蒙的老街，诉说着万千柔情。微风轻拂雨丝，雨丝轻抚脸庞，真有点"好雨知时节，当春乃发生"的意境。想必，雨停风息的日子，明媚得很。

未入老街，首先映入眼帘的是一座名为"留云禅寺"的寺院，规模宏大，气势不凡。更让人叹为观止的是这寺院不凡的来历。起初，"南翔"不称"南翔"，而是"槎溪"。相传梁代天监年间（公元505年）有一老农，耕地时挖出一块大石头，此石露出地面后，有一对白鹤时而于其上空盘旋，时而在石上歇脚。恰巧一名叫德齐的和尚从这里经过，看到此情此景，又勘察到附近有横沥、上槎浦、走马塘（南宋以后的名称）、封家浜四条河流纵横交叉，四方有湾，形似佛教符号"卍"字，好似释迦牟尼胸部所现的"瑞相"，便认为此处是吉祥之地，他决定在这里建造一座佛寺。每天那对白鹤飞向哪里，哪里的百姓就来捐款献物，用以备料兴工。

佛寺落成的那天，那对白鹤驮着德齐和尚朝南飞走了，为纪念这对白鹤与德齐和尚，便取名为"白鹤南翔寺"，镇名"槎溪"逐渐被"南翔"所取代。

出寺院，便是老街了，巷街细长延伸，曲折古老，两旁民居和店铺比邻。老街的游人没想象中那么多，却多为前来采风的摄影爱好者。显然他们为老街那些沧桑痕迹、雕梁画栋所吸引，兴奋地穿梭于楼台与小桥之间。

一条清澈的河流穿镇而过，好几座石拱桥横跨河面，一千多年来，不知有多少人从桥上走过。小桥流水人家，为老街增添了不少韵味。在河边，我看到一石碑，原来这河叫"槎溪"，碑上刻有清人陈松的《槎溪棹歌》。听着这美丽的名字，一个年代久远的南翔，朝我走来。我想，如果是烟雨迷离的春日，飞燕越过碧水，留下一片呢喃；抑或秋雾朦胧的清晨，舟楫泛波于槎溪之间，遥闻忽远忽近的桨橹声，又是何等美妙啊！当年，南翔镇正是利用这水陆便利，舟车纷繁，布庄林立，花豆米麦，百货骈集，被世人称作"银南翔"。

在和风细雨中，我走近老街一座小桥，那是与电视剧《情深深雨濛濛》中男女主角相会时极为相似的小

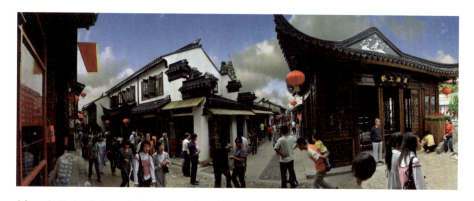

桥，也是在雨中，也是写满江南风情。眼前是雨幕重重，亦真亦幻，有着足以令人忘却烦恼的力量。飘飘洒洒的雨丝，把这条因白鹤南翔寺得名且有1500年历史的老街洇成了一幅水墨画。

老街上，游客如织，亭桥相依。桥下一叶扁舟，载着游客，行在雨中。这蒙蒙细雨非但没有影响游客的雅兴，还平添了一丝乐趣。

此地的南翔小笼馒头，是上海美食的代表之一。我是上海人，南翔小笼馒头已经吃过无数次，但仍被它皮薄、馅多、汁多、味鲜、形美所诱惑。此番游南翔，自然要点上两笼，享受这份鲜美。

南翔小笼馒头创始于清朝（1871年），当时叫"南翔大肉馒头"，是嘉定南翔店主黄明贤发明的一种点心。由于口味上佳，生意越做越红火，同业者竞相模仿。店主为赢得市场，采取"重馅薄皮，以大改小"的方式，做成不易被模仿、形态小巧的小馒头，皮薄呈半透明状，以特制的小竹笼蒸熟，故名"小笼馒头"，至今已经有140多年的历史。小笼的吃法也有名堂：一口开天窗，二口喝汤，三口吃光。

据传60多年前，中国移民把上海小笼馒头带到了西班牙，名字被翻译得五花八门：中心夹肉的中国面包、西班牙产中式夹肉面包、中国小笼、夹中国龙肉的小面包、武打巨星李小龙最喜欢吃的中国肉面包、李小龙。如今到西班牙还能听到："给我来一份'李小龙'！""'李小龙'是吧？好的，请稍等。"

南翔小笼馒头做工讲究，每二面粉制作10只，每只要折叠捏合14个以上的褶。其实，南翔小笼馒头好吃，功夫全在馅上。刚端上来的一笼笼热气腾腾的小笼馒头，一个个雪白晶莹，如玉兔一般，汁液透亮，肉馅粉嫩。戳破面皮，蘸上香醋，就着姜丝，咬一口，滋味层叠。人们品味的是上海传统饮食文化，是远离喧嚣都市的"乡野"之趣，是嘉定的美与情。

一直以来，小笼都是南翔的名片。南翔老街很善于利用这张名片，并不断丰富它的文化内涵。自2007年起，南翔已连续10年举办"上海南翔小笼文化展"，其中老街连续多年成为小笼文化展开幕式暨千桌万人小笼盛会的主会场，有关方面也一直鼓励手艺好、口味正、受百姓欢迎的小笼馆在老街安家。

走在街上，突然阵阵芝麻香飘然而至。原来，老街上的第一家店卖的就是当地特产"一合酥"，10元一包的花生芝麻片，一口咬下去便停不下来了。转身一看，放大版的大白兔奶糖被高高挂在铺子上方，再抬眼望去，阁楼上半开着窗，引人遐思。

每次逛老街，都会想吃老街的汤团，全手工包制，颗颗饱含感情，是那些速冻汤圆无法取代的。老街汤团，比汤圆个儿大，以精白水磨糯米粉为皮，一般设黑洋酥、鲜肉、豆沙、枣泥四种口味。可是老食客们点起来从不厚此薄彼，谁让这四个品种都好吃呢。

汤团皮薄而滑，白如羊脂，油光发亮，尝一口就知道这料是一点都不含糊的。黑洋酥香甜的馅，一不小心就流满一汤勺；椭圆的枣泥汤团里还留有些许枣皮。吃的时候，一定要"小心对付"，因为这汤团一旦开了口，里面的一包鲜汤四溢，免不了要让防不胜防的吃货失了风度又遭受烫伤之苦……

远处的古双塔——那建成于北宋初年的砖双塔，塔身上留有岁月刻下的斑驳旧痕。南翔寺砖塔是古镇的镇宝之物。据说，这双塔是我国砖塔中的珍品，原建于南翔寺山门两侧，千余年来，原寺早毁，而独塔依存，后经修复，恢复了原貌。这座七级八角形的砖塔，仿照江南木制楼阁式宝塔式样，其壶门和棂窗，表现了典型的唐宋建筑风格。塔前，尚留有两口原寺前的古井，井栏已残破，现被保护在玻璃罩内，而井栏周围过去游人们为祈福而丢

撒的钱币还清晰可见。"寺门雄峻地钟灵，古井东西建两亭。报济石桥通四邑，势家自古说龙形"，古诗清楚地记载了这塔与井的来历和传说，也记载了南翔古镇千年的风雨。

"古猗园里看江南，州

桥老街忆过往，南翔古镇品
美味，紫藤园内赏花海。"
到南翔古镇，不可不游古猗
园。古猗园位于嘉定区南翔
镇，是上海名气最大的园林
之一。古猗园始建于明朝万
历年间，幽静曲水的明代建
筑，韵味隽永的楹联诗词，

无不洋溢着深厚的文化古韵。该园早先为私家宅院，由擅长竹刻、书画、叠
石的朱稚征设计布置。因园内广植绿竹，园名取自《诗经》"绿竹猗猗"
句，故名"猗园"。此后，几经周折，清乾隆十一年（1746年）为叶锦购
得，经大规模的重修和改建之后，取其由前朝园林沿袭之意，更名"古猗
园"，沿用至今。一年四季都有花可赏，春日赏樱，夏日赏荷，秋日赏菊，
冬日则有梅花绽放。竹子也是古猗园的特色植被，品种繁多，一年四季都是
青葱一片，旁边还有一座盆景园。

作为典型的江南园林，古猗园里也少不了水。几处湖泊相连，鸳鸯游弋
其间。乘坐小船游荡在水中，看岸边芬芳吐翠。

据当地有关人士介绍，南翔镇的发展与明清时期的"徽商云集"有着密
切的关系，徽商成为当时南翔经济的一大支柱。昔日的南翔镇上遍布徽商店
铺，更有徽商募建了新安会馆。故有教科书说："在明清两代，徽商为南翔
打开流通渠道、刺激商品生产、催发资本主义萌芽、推动经济发展和集镇建
设发挥了积极的作用。"

当我徜徉在细雨下的老街、古猗园、天恩桥、云翔寺等历史遗迹中，好
像穿越了时空，被笼罩在南翔老街厚重的历史中。

眼前这富有意境的江南老街，让我不禁臆想：这古老的石桥上，若是有
一个婀娜的江南女子撑着一柄油纸伞款款而过，此情此景，绝不输于戴望舒
的《雨巷》所带来的意境。

旗袍与西装的约会

文/黄 可

　　从国泰电影院看完《王牌特工》，出门右拐，便是梧桐深深的茂名南路。这条路不长，1000多米，由于是单行道，没有淮海路上那般车水马龙，有着自己独特的神韵，繁华中透着些许从容和镇定。

　　走在寂静的茂名南路上，放慢脚步，甚至驻足，细细体味，恍惚中梦游老上海泛黄的灯红酒绿，亲见百余年来西欧文明在这个小地方开出的诡异之花。她总是在含蓄中张扬着个性。

　　越往南走，人气越旺盛，特别是从淮海中路到南昌路的一段，是上海颇有名气的"高级成衣定制一条街"。

　　上海的高级服装定制店主要集中在这条路上，因为数十年前，这儿就是繁华高档的商业区，容易吸引高端客户，利于打响自己的品牌。这和英国的

Savile Row大街相似，街上有好几家裁缝店，皆有百余年历史。

　　通过街边各店的橱窗陈设，大概可以揣摩到当今沪上最新的中式服饰流行元素与"穿衣经"。这里的旗袍店都经营中高档精品真丝旗袍，服装材质上乘，纯手工制作，做工精细。当然价格也偏贵。

　　斜襟上插着一束麻纱绢头，手执檀香扇的旗袍女士是上海女人的经典形象。上海是现代旗袍的发源地，2007年首批上海非物质文化遗产名录中，"海派旗袍制作技艺"就位列其中。好的旗袍犹如精美工艺品。对人体36个部位的精准测量，"镶、嵌、滚、宕、盘、绣、贴、绘、钉"等繁复工序，几经雕琢，才得以成就一件经典。这条路上拥有众多优质的旗袍店，淑明子就是其中一家。设计师姓王，会十分耐心地为客人挑选适合她的旗袍，设计时尚新颖，既有传统旗袍的秀气，又有摩登的现代设计元素，无论是平日休闲，还是婚礼庆典，都能找到合适的一款。

　　狭窄的巷道里，斑驳的墙上爬着绿色的藤萝，幽暗的路灯下，一个摇曳的身影出现在古老而潮湿的石阶上，合体贴身的旗袍着于身，尽显东方女性优雅矜持、含蓄高贵的独特韵味。暧昧的灯光中，忽明忽暗的背影为婷婷袅娜的女子增添了几许孤独。《花样年华》中张曼玉所穿的二三十套旗袍让国内外的女性深深地被旗袍的魅力所吸引，电影刚公映时便在时尚圈掀起一阵不小的旗袍热。

　　据说，剧中张曼玉穿的那20多套旗袍，就出自这条街上的一家旗袍店，这家店的名气在文艺圈相当大，经常有各国名人和明星光顾。

　　街上的上海滩旗袍，绝对是正宗的上世纪30年代旗袍，它延续了那个年代上海旗袍的传统特色，服装设计极尽女性妩媚，给人一种大家闺秀的感觉，而设计制作这些旗袍的师傅都是上海老裁缝师。除了这些传统的旗袍外，上海滩旗袍还是唯一将旗袍大胆转化为现代衣裙的旗袍店。款式上，摈弃了长及脚踝的旗袍，保留的是适合年轻人穿着的、膝盖以上的短式旗袍。旗袍上的图案更以宋代书画的"以意为先"为审美原则，不求富贵，但求意境、风雅。时尚的设计，古典的造型，典雅的图案及绣花，使这种改良裙式旗袍颇受欢迎。

丽古龙旗袍店专门做老上海旗袍工艺，旗袍不带拉链，整件旗袍全部用手工盘扣连接，可以完全打开。这种旗袍制作耗时，且在裁剪上与拉链旗袍完全不同。整件旗袍工艺复杂，手工繁重，别有韵味，也更具立体感。女人们在举手投足间，腰间的盘扣若隐若现，性感迷人，这些都是拉链所体现不出的味道。

在有"国际大都会"之称的上海，"金枝玉叶"俨然沪上时尚中装的代名词。"金枝玉叶"品牌服饰以其面料考究、做工精致、色彩和谐、款式时尚为广大消费者所认同。金枝玉叶旗袍店是一家经营传统及改良旗袍的定制店，自那时起，著名服装设计师叶子即担任品牌设计总监，负责该品牌服饰的设计研发。服饰多采用天然环保材质面料，尤其以真丝类面料为主，配以少许棉麻类、毛皮类等面料；也采用国际上流行的高级面料种类，包括法国的蕾丝、意大利的羊毛、印度的真丝等，还提供高级成衣定制，特别是绣花成衣定制，采用经典的苏绣工艺，图案精美、绣工细腻，在满足穿着使用价值的基础上，更添收藏价值。

和平旗袍在上海滩众多的旗袍店中并不是很知名的一家，而且和平旗袍的店面也不是很大，装修只能算是一般，以经营各种款式的旗袍为主，同时提供旗袍定制服务。和平旗袍的款式一般都比较新颖时尚，而且色彩丰富艳丽，选择的余地比较大。定制旗袍做工不错，很受女性欢迎。价格相对来讲并不是很高。

女人都有一颗爱美之心。有一段时间，朋友一有空就往茂名南路跑，痴痴地在橱窗外流连模特身上的旗袍，她觉得很漂亮，但是一直觉得自己配不上这样的衣服，一家旗袍店营业员见了，热情地邀请她进来试试，买不买无所谓。当她挑了一件试穿后，完全像换了个人似的，立刻显得优雅十足。这一试穿，她便再也舍不得换下，立马掏钱买下，高高兴兴地离开。此后，朋友成了"旗袍控"。

老上海人都有这样的习惯，做衣一定要找红帮裁缝，因为他们代表着

"手工精细和细节讲究"。

上世纪20年代的上海，黄浦江边聚集了一批裁缝，他们自幼学徒，经过几十年的严苛训练，技艺炉火纯青，各方名流才俊无不以能穿一件他们制作的衣服为荣。因为这些人大多来自宁波的鄞州、奉化一带，上海人就称这些人为"奉帮裁缝"，因为吴语"奉""红"同音，最后演变为"红帮裁缝"。在这群来自宁波的裁缝中间，有一个叫作陈荣华的，他在14岁的时候来到上海生利洋服店当学徒，当时接触了不少外国顾客，懂得了西装行业中常用的英语词汇，也学到了一些经营之道。1943年，21岁的陈荣华以优异的成绩，从上海市西服工艺专门学校毕业。1950年，他辗转到香港，在九龙开办了洋服工厂，当时的客人大多是外籍商人。随着生意日隆，陈荣华开始每年去纽约、华盛顿、芝加哥等美国大城市主动拜访老客户，接回了一批又一批名流商贾的订单。从此，W.W.Chan & Sons也以手工定制优质西装而闻名。

1967年，15岁的陈家宁开始跟随父亲陈荣华学习西装裁剪、打样等工艺。七年学成之后，他又到美国南加州大学商业管理专业学习。大学毕业后，陈家宁再度做起裁缝。1982年父亲退休，正式将店号W.W.Chan & Sons交给了陈家宁。

陈家宁说，"我们的面料都来自世界著名品牌，而且我们最大的特点就是在完全保证高品质的情况下可以快速交货。对于那些忍受不了漫长等待的客人，我们会在5天之内完成所有的定制流程，让客人满意地穿上新衣"。言语间，充满了自豪与自信。

一直以来，W.W.Chan & Sons都延续着传统的制衣工艺。新客户一般会被要求试穿3次，W.W.Chan & Sons会为每个客人保留纸样，所有的定制数据也会存档。若客人再次光临，程序就简单多了。

在W.W.Chan & Sons上海茂名南路的店铺，曾经出现过数十名保镖威严护卫在外的场面，而里面身份显赫的客人，一次就定下了数十套西装。

上海的量身定做，历史悠久。19世纪中叶，英国人和犹太师傅在上海开设洋服店，并把手艺传给当地的学徒。20世纪20年代，上海的量身定做

鼎盛，众多达官贵人和电影明星都会到钟爱的洋服店定制衣服。西服价格不等。假如你是斜肩，那么师傅会在裁剪时弥补这个问题。师傅也会发现顾客无法察觉的细节。比如顾客个子较矮，经常要往高处看，使得姿势略微向前倾，这样的西服背部就要处理得稍稍短些。定制的西服也许不完美，但穿到定制对象的身上就是完美的。

现在，上海越来越多的男士在购买西装时多选择个性化、专业化的定制服务。近两年西服定制市场迅速扩大，西服定制店也如雨后春笋般涌出，市场竞争日趋激烈。

"执行官"的橱窗里，试样西服上面背着一卷长长的皮尺；"真挚"的橱窗里，干脆将缝纫机摆了进去；"瑞邦洋服"的橱窗内，还亮出裁剪刀、面料样板……"高级成衣定制一条街"，正在成为沪上高级成衣定制业态的集聚地。

清风徐来，温馨扑面，走在茂名南路，海派旗袍的曼妙和海派西装的精致如影随形，在传统与现代的相伴下，默默地诠释着上海的精致生活态度。

上海明清建筑第一街

文/戴 南

　　暮春四月，我们到古镇朱家角周末游。走进古镇北大街，扑面而来的是浓郁的水乡风情，是清新、古朴的明清气息。放眼望去，两旁旧式民宅鳞次栉比，粉墙黛瓦错落有致，旌旗迎风招展。人在街上走，如在画中行。脚踏石板路，一步一店铺。抬头一线天，古意扑面来。江南水乡，风情万种。

　　古镇北大街是沪上第一明清街，又称"一线街"，是上海市郊保存得最完整的明清建筑第一街，全长两里多。北大街背靠漕港河，旁临放生桥，早在古镇形成初期，就以水陆两运称便，遂商贾云集，"贸易甲于他镇"。茶楼酒肆、南北杂货、米行肉铺，百业俱全，成为百年来兴盛不衰最古老的商业中心，时有"长街三里、店铺千家"之美称。如今街上还保存着百年老店"涵大隆酱园"，石库门墙，古风犹存；百年饭店"茂荪馆"，老店新开，鱼虾蟹鳗、时鲜佳肴，一应俱全；还有沪郊最大的"古镇老茶馆"，沿

雕花木栏楼梯，拾级而上，三十来张八仙桌，茶客天天座无虚席，在此"孵"环境、"泡"时间、"聊"见闻、"侃"变化，领略老茶馆那种特有风味。更有一些在市区颇为鲜见的传统手工作坊店，制作竹篮、栲栳、藤椅、木桶等竹木器具。游客来此，不仅可一睹其"原汁原味"的制作全过程，临走时还能捎上几件做留念，妙趣无穷。

据说，朱家角之地，大约成陆于7000年前，因水运方便，商业日盛，逐渐形成集镇，至明万历年间遂成繁荣大镇。清代以后，成为青浦县西部的贸易中心。至清末民初，商业之盛已列青浦县之首，为周围四乡百里农副产品集散地。朱家角一度号称"珠街阁市"（吴语"朱家角"的谐音）。宋如林在清嘉庆《珠里小志》序中描述道："今珠里为青溪一隅，烟火千家，北接昆山，南连谷水，其街衢绵亘，商贩交通，水木清华，文儒辈出……过是里者，群羡让耕、让畔之风犹古，而比户弦歌不辍也。虽高阳里、冠盖里媲美可也。"

距今已有四百多年历史的北大街，连着一个"一造三修余十万"的美丽传说。沿街石碑、雕刻、名人故居，皆诉说着掌故轶事，说来娓娓动听、引人入胜。然而漫步北大街，最值得观赏的还是建筑、名店、古桥、弄堂。

北大街虽冠以"大"，其实宽仅三四米，最窄处只有两米而已。狭狭长长的小巷，两边砖木结构小楼，滴水檐几乎相接，站在街心，仰面望天，只见青天一线，给人以"苍天无边若有边"之感，对街居民可推窗攀谈，握手道喜，互递物品，犹如一家人，气氛十分融洽，构成"一线街"的奇特景观。

北大街的空气里，飘满了粽子、豆干、猪肉的酱香味。沿街的店铺大多售卖当地的小吃土特产，有棕红色的红糖糯米藕，浓酱赤色的大肉粽子，香喷喷的五香豆腐干子，软糯糯的各色糕团，咕嘟咕嘟冒着浓重蒸汽、色香味甜的捆扎猪蹄肉食等等。店家都声称自家的产品才是古镇地道正宗的土特产。

这些令人口水直流、香气扑鼻的土特产品，使游客忍不住将口袋里叮当作响的钱币掏出来，换一份古镇水乡韵味的美食。

迎面走来的几位衣着时髦的姑娘小伙，嘴里不停地嚼着五香白干和香气四溢的大肉粽子，唇齿间漾满土特产的鲜香……

如果你要在北大街就餐，一定要找一间临河的饭店，点上几样淀山湖特有的河鲜和时令菜蔬，价格也不是很贵。沐浴在春光里，迎着微微河风，看河水和小船悠然滑过，城市的喧嚣早已不知去向，只留下极好的胃口。

如果你在北大街的茂荪馆就餐，千万不要忘记尝尝朱家角鼎鼎有名的红烧扎肉（吃起来有点棕香的红烧肉）。红烧肉烧得还是很入味，就是带有一点肥膘，肉皮做得很酥。还有一道必点的菜：蚬子肉炒韭菜。

当地人介绍道，北大街的红烧扎肉历史悠久，早在明末清初，就与老街上的特色酱肉齐名，有"色香味美糯如鳗"之美誉。红烧扎肉在古时叫"贵妃肉"。在民间称清白的稻柴为"金链扎玉，盘中芙蓉"。其色、味烧法纯正、鲜香绝佳，有滋阴、健胃、强身的效果。

北大街上的胖胖河畔小吃，因价廉物美而终日顾客盈门。胖胖河畔饭店门面不起眼，但是菜做得相当地道，菜价又便宜，味道很是可口。一则是原料新鲜纯正，二则做得很有本地特色，有些菜去晚了就售罄了。不远处的清徽园，生意也不错，很多人争相买他家的袜底酥、芡实糕。

我们去的"三阳小楼"，连个基本的门面都没有。不过进门后，发现老板和老板娘都很热情，让人觉得去他家吃饭很踏实。菜肴也不错，河鲜、鸡汤、蔬菜，样样清鲜适口。坐在窗位，一边看着篷船慢慢摇过，一边吃着土菜，惬意得很。

我们点了一盘当地特产红焖鳗鲡。这种鳗鲡身呈长形，头尖皮厚。背上部灰黑，腹部白色，喜暗怕光，昼伏夜出。

淀山湖所产鳗鲡，肉质鲜嫩，肥而不腻，蛋白质、脂肪含量高，维生素A含量特别丰富，并有磷、钙、铁等元素，是上等的食用鱼鲜之一，有"水中人参"之称。

我们在沿河的古镇北大街上徘徊。沿街傍水的店铺里售卖着民间工艺品,有竹椅、竹篮子、竹纺车等竹制品,有青花瓷般青浦老土布制成的衣裙、女式民族土布靛蓝挎包等,有色彩浓重充满泥土气息的金山农民画……

在大淀湖的支流漕港河和朱泖河的环绕下,古镇居于碧水盈盈之怀,仿若《诗经·蒹葭》里在水一方的佳人。古镇小街的建筑都是依河傍水而建,挤挤挨挨的。

几乎家家户户都在沿河后门的平地上摆着伞桌,好让游客一边欣赏河景,一边饮酒喝茶品菜"渔话古今"。那层层入河的石阶边停泊着新髹一新的仿古红灯笼小船,在船桨的"欸乃"声中,游客可饱览这暮春时节的桃红柳绿。

曾去周庄旅游,在与当地人聊天时,当地人不无自卑地说,"南周庄,北周庄,不及朱家角一只角"。虽说此乃自谦之辞,不无夸张之处,但是相对于小家碧玉的周庄,朱家角确是无愧于"大家闺秀"之誉。这是因为朱家角的历史比周庄早了700多年,面积和居民人口分别约为周庄的六倍,是上海地区唯一完整保存的水乡古镇。

老街两旁民居,飞檐翘角,马山墙头,门面一式花格落地长窗,老式朱漆排门板,透出一派典雅之气。特别是名医陈莲舫故居处,临街二层小楼,设有一排雕花栏杆长廊,外加雕花屋檐挡板镶嵌,花纹别致,刀法精细,独具匠心,充分体现了古代建筑师的匠心巧思。在此,三五朋友,可倚街赏景,吟诗品茗,任时光慢流。

一群游客在沿河饭店的木楼上倚窗而坐,谈笑风生。俯身看看酒旗飘逸,红灯笼悬挂于河,二三小舟在狭窄河道悠游,在船娘的民歌声韵里慢行,咿咿呀呀的摇橹声中小船缓缓向前滑动。船头咕噜噜地剪出了一溜串晶莹剔透的水花,船桨在河水中荡起一道道波纹,如上世纪二三十年代的老上海留声机唱片的声韵。古镇的明清建筑啊,灵动的欢声啊,投在盈盈碧水中,摇曳出丰富的姿彩,直叫人沉醉在这光与影之间……

北大街上还有两处耐人寻味的去处——"三阳湾"和"轿子湾"，以高耸民居切割而成的九十度转弯，给人一种到了尽头处的感觉，拐弯却另有天地。值得一看的是"三阳湾"，有一户民居与众不同，是此街唯一的老式三层楼结构，外观平淡无

奇，入内则宽敞无比，再层层蜿蜒至三楼，可远眺漕港河、放生桥，将古镇风情尽收眼底。

"春天的黄昏，请你陪我到梦中的水乡。那挥动的手，在薄雾中飘荡。不要惊醒杨柳岸，那些缠绵的往事，化作一缕青烟，已消失在远方……"此刻，站在北大街临河饭店的窗前，看帆影点点，赏湖光粼粼，我不禁想起那首《梦里水乡》。

豫园老街散记

文/王 静

　　写下这题目，心中感慨万千：我阅读中国传统经典文学，走上文学创作之路，是从在豫园老街看西洋镜开始的。西洋镜，上海人叫"西洋镜"，洋人叫"peep show"，北方人叫"拉洋片"，又称西洋景。在维基百科中，有如下解释：拉洋片是中国的一种传统民间艺术。表演者通常为一人。使用的道具为四周装有镜头的木箱。箱内备数张图片，并使用灯具照明。表演时表演者在箱外拉动拉绳，操作图片的卷动。观者通过镜头观察画面的变化。通常内置的图片是完整的故事或者相关的内容。表演者同时配以演唱，解释图片的内容。

　　小时候，家住离老城隍庙不远的蓬莱路，那时去老城隍庙游玩，是节假日的必选动作。老城隍庙最吸引我们的，是商城和老街。商城内道路较窄，建筑多建造于1911年以前（即清朝末年），具有浓郁的中国古建筑风格和特点，整个商城内小店铺鳞次栉比，商品琳琅满目，万余种传统商品汇集一市。老街保持着中国古老的城镇街市风貌，三十余家极富中国民族风情的特色商铺同处一街，涵盖了居家用品、工艺礼品、喜庆用品和传统特色商品四大板块，闻名遐迩。

记得那时，走进商城，我们总爱在老街的拐角处，那个拉洋片的摊前花上2分钱看上一会儿西洋镜。彼时，我看得最多的是《封神演义》《说唐》之类的中国古代神魔小说。西洋镜，激发了我阅读原著的欲望，使我慢慢养成读书的习惯。

中学毕业，下放去安徽。在农村的岁月，尤其是除夕春节，更是想念老街的庙会、西洋镜、民间艺术表演、川流不息的人群和此起彼伏的叫卖声。心里郁闷无比，不知何时能重返故里再游老街。

时光流逝、岁月荏苒。时过10年，我大学毕业回到上海，第一件事就是到老城隍庙去寻找儿时的记忆。商城里人流依然摩肩接踵，但是在我看来似乎少了点什么，尤其是曾经浓缩了百年商市沧桑变迁的独特风情。建于清光绪三十三年（1907年）的豫园老街，彼时街道两边的商店大门紧锁，显得冷清萧条。在寸土寸金的商城，这不是暴殄天物吗？想到此，兴致索然，怏怏而回。

不知过了多少时光，忽一日，有着几十年交情的老张到我所供职的报社来告诉我，豫园老街旧貌换新颜，值得一看。那天，老张的兴致很高，话语滔滔不绝。都是喝着老城厢水长大的，对豫园老街的一砖一瓦，点滴变化，都有着超乎常人的关注和热情。当即，我与老张约定了具体的采访时间。

变了，变了，走进老街，蓦然发现：老街还是当初的老街，老街又不是当初的老街。依旧是游人如织、老店林立，却分明华丽逼人，沧桑不再。走在老街的青石板路上，我仿佛回到了100多年前的上海老城厢。古色古香的仿明清店铺富丽而雍容，放眼望去，一律的玄瓦、飞檐、白墙；一色的朱梁、黄铜的门环、红色雕花的门窗和回廊，还有那各色彩绘牌匾、

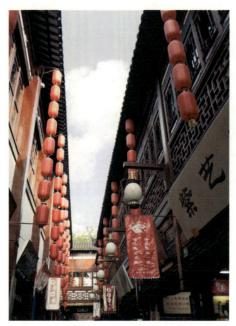

高挂的旗幌……

老张说，老街的建筑，以楼阁为主流，或青砖绿瓦，黛顶粉墙，红柱飞檐；或花格棂窗、范氏栏杆、木雕门窗，龙珠相映，花边滴水，为阁楼增添了古典的神秘，使其洋溢着现代的豪华色彩，展示了老上海从明清向民国直至西洋文化涌入时期的历史文化的演变。

在百年老店中，丽云阁扇庄是其中的元老之一。这是一家创建于光绪十四年的百年老店。以经营中国传统书画扇为主，兼营各类扇骨、扇面、扇架等；同时经营丝绸女扇、宫扇、挂扇等15种商品大类，承接加工、定制等业务。早在上世纪二三十年代，丽云阁就以经营精品书画笺扇而名噪沪上、享誉全国。"北有朵云轩，南有丽云阁"一说，足以证明丽云阁当年在上海滩的地位。

丽云阁扇庄的店面不大，但布置得清新雅致，各色扇子按材质、制作工艺和用途分门别类地摆放，既各得其所又相得益彰。

手工制扇技艺属于非物质文化遗产，从选扇骨到串扇面，每道工序对工艺的要求很高。老张告诉我，近年来，丽云阁通过各种方式不断地给老产品注入新元素，不断挖掘传统扇文化的内涵，在制扇工艺和品质上严格把关，不仅选用上乘材质做扇骨，还和一批知名书画家签约，让做工精美的扇子与名人的书画艺术相结合，提高其鉴赏性、收藏性、知识性和装饰性，以备高雅人士收藏。丽云阁每年还会举办以"扇（善）行天下"命名的"扇子节"，通过宣传和弘扬我国的扇文化，向社会各界推出一批质优物美的扇子。

不知不觉来到王大隆刀剪店，老张指着店堂里悬挂着的"中华老字号-王大隆——上海著名商标"牌匾告诉我，王大隆刀剪店创建于清嘉庆三年，距今已近200年历史。早期的"王大隆"品牌注重传承刀剪修磨技术，人人拥有一手"三分磨、七分敲"的过硬技艺。"王大隆"定牌的"伟剪"，因刀口锋利、吃硬耐用，一次可剪二十多层布料而畅销四方，与苏州昌记张小泉、杭州秦记张小泉并列为全国三大名剪之一。

随着时代变迁，与消费者需求的变化，"王大隆"品牌更注重从产品开发环节着手，运用全新设计理念和先进设备、工艺，不断推陈出新，迎合市场，展现出新时代下的老店新貌。

举目四顾，这里简直就是一个包罗万象的刀剪世界。千余种精致刀剪，有序地陈列在橱窗或柜台，闪着锃亮的光。这些刀剪按用途，可被细分成民用、厨用以及专用等种类；依据不同的制作材料，还可被分为铬不锈钢、不锈钢嵌钢、不锈复合钢、碳钢、纯钢等品类。

我随手接过一把剪刀试了试，松而不旷、紧而不涩，开闭自如，非常应手。再看这些刀，刀身上居然雕琢了许多美丽的云絮状花纹，让人爱不释手。据店员介绍，这些特殊花纹是在铸造中形成的，其独特的冶炼技术和锻造方式一直是王大隆的看家技艺。说话间，店员举起一张纸片朝我们示意，然后挥刀往纸片上那么轻轻一划拉，半张纸片随即飘落到了地上。围观的人不约而同叫起了好。

出"王大隆"向南几步，就是蜚声中外的"上海筷子店"。这是沪上乃至中国首家经营各类筷子的名特商店，以其品种丰富、选材考究、制作精良而享有"筷子大王"的美誉。该店经营的筷子有竹、木、蜜、塑、玉、石、银、骨等20多个大类、上千余个品种。

用上海话来说，这是一家很有"腔调"的商店。红色基调的铺面，被各式装饰精美的筷子包围着，显得艳而不俗，别有一番高贵和雅致。雅的，俗的；历史的，现代的……我在各色筷子前流连着，一边品味着林林总总的套筷名称，一边享受着"唐诗三百首""清明上河图""金陵十二钗""福禄寿""九曲桥"带给我的愉悦……

一对正在挑选筷子的老年夫妇告诉我，上世纪60年代，他们从上海支援三线建设去西北，临走前特地在这里购买了一把筷子，作为对上海故乡的念想。他们说，小小的筷子，能高能低、能奢能俭，具有雅俗共纳的大气和魄力。在西北高原，每每看见那把筷子，就会睹物思情。在他们的

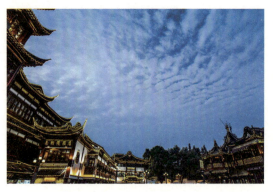

心中，筷子是连接西北与上海的纽带，是他们的精神支柱。一把筷子，一腔游子情。如今旧地重游，是怀念逝去的青春，也是抚平心中思念的涟漪。

想了解上海，豫园老街的"上海印象"不失为一个窗口。这是一家以鲜明的豫园特色、浓郁的上海文化和中国民俗为主题的旅游纪念品专卖店。中国红的主色调和传统的"祥云"元素赋予了它卓尔不群的外貌以及强烈的时尚气息。

"上海印象"涉猎的旅游纪念品包罗万象，主要分为五大系列：有豫园、外滩、东方明珠、外白渡桥、金茂大厦等以上海景点符号为主题的上海都市系列；有九曲桥、湖心亭等以豫园经典景点为主题的豫园景观系列；有以上海近代都市文明象征之一的民居建筑为主题的石库门系列；有以灵秀的水乡风貌，独特的人文景观，质朴的民俗风情为主题的江南水乡系列；有以上海人物风情和风景名胜为主题，手工制成的独一无二的唐三彩瓷板画系列……"上海印象"以时尚的风格定位，让人耳目一新的同时，还迎合了现代的审美需求。因其深受游客和时尚人士青睐，一跃成为旅游纪念品中的佼佼者。

暮色四起，华灯齐放。老街内，芸芸众生，扶老携幼，熙熙攘攘，摩肩接踵，一幅"吃、玩、带"的民俗画，一派"国泰民安"的好风景，让每位流连此间的人，都能身临其境，感受和触摸上海历史的文脉和城市文明的步伐。

"说传奇不传奇，不如您坐下看仔细，如果您把洋片看，保您年年岁岁都平安。"不远处，一位艺人在卖力吆喝着传统艺术西洋镜，引发了我的回忆。于是，我毫不犹豫跑上去，付钱、观看，回到那纯真无邪的童年时代……

大隐于市"衡山坊"

文/朱国华

　　易琳的车蜗行在肇嘉浜路上，徐家汇的热闹越来越近。车里，我和另外两个朋友，正准备迎接这熟悉的"繁华"，怎料她一个小转弯，驶进了天平路。闹市区的喧嚣逐渐模糊，"衡山坊"三个字愈发清晰。

　　这个我们眼中的新鲜地，在易琳的朋友圈时常出现。她称这是"第二个家"。衡山坊，距徐家汇百来米，却自成一格，在商圈的热力辐射下，散发着恬淡的气质。

书店里的老时光

　　在衡山路天平路交汇处，有一座别致的小洋楼，"衡山和集"的店招引人入胜。轻旋古铜色把手，绿漆木门里住着另一个"时空"。这是一家书店，但这不仅仅是一家书店。

这里的书架，不以整齐簇新为美，高低错落，其间夹杂着做旧的书橱。书的品种不同于传统书店，看得出店家专程挑选过，个性化十足，不乏原版书。与电影相关的题材非常多，其他艺术类专业书籍也是琳琅满目。一进店，我们就自动开启"独行"模式，毕竟读书这事儿，萝卜青菜各有所爱。

临窗有两张皮座位，我选了一张坐下，正好有"一米阳光"洒在身上，暖融融的。手捧《电影月报》，看风云年代中国电影业的兴起与艰难，仿佛进入老唱片慢慢转动的旧时光。窗外的路人行色匆匆，偶尔会停下脚步朝里张望，一瞬间彼此互成风景。

二楼是书与展的融合。楼梯间，摄影师的"惊鸿一瞥"诠释了生活的精彩，一组微型照片展充分表达"时间"的主题。主展厅内，锅碗碟筷来了，柴米油盐来了，原来这里正在演绎"人间食粮之材料的叙事"展。这个展览其实挺生活化的，与材料密切相关，比如对烹饪器皿的开发和设计。设计师发现，这些物件存在的意义，在于满足人们的使用需求，同时也在于满足日常生活中审美的需求。因此，展览中，很多人在老手艺中融入新生活，比如，有人用西藏墨脱天然皂石做成了锅具，有人对搪瓷传统工艺进行了优化，希望将淡出人们视线的搪瓷再度带回生活中……

拾级而上，如同走进"杂志"博物馆，古今中外期刊云集。我们像是集邮客看到五颜六色的邮票一样，每一本都想摸一摸、翻一翻。和一楼一样，三楼也有可供餐饮聊天的休息区。不同的是，在三楼还能品读独属于此的定制读本，一些内容有趣、装帧精良但不外售的精神食粮。

通透的玻璃窗，在阳光的映照下，镶着金边。我们啃着书，喝着咖啡，只觉香气袅袅，已分不清是书香，还是咖香。

作为一个外企高管，易琳告诉我们，忙碌之余，她常来这里偷一段闲散时光——翻两本书，淘一张旧唱片，喝一杯茶，晒一会儿太阳。走出店门，便有一种如释重负的松快。诚如她所言，由书店出来，我们也收获了充实和惬意。我发现，与书店毗邻的便是余音绕梁的百代传奇小红楼、"花园影院"衡山电影院，那里可是承载着上海音乐与光影的集体回忆啊！为什么这家书店汇集了如此丰富的电影题材书籍？或许也与此有关，希望承继这里沉淀的电影传统吧。

现烹现调的异国风味

从书店出来，已近饭点。易琳建议先吃晚餐再逛街，她的理由特别"迷人"：衡山坊的夜景美得有境界，吃饱看景正相宜！

美食集中在一条连体的弄堂式的建筑内。Patsy Grimaldi's前街纽约披萨餐厅、TIKI夏威夷餐厅、ALBALUZ西班牙餐厅……一家挨着一家，各家门口有棚有座，窗户不大却透出温馨，除了一楼可用餐，二楼还配备阳台，应该可以邀清风明月一同来"美味"。

ALBALUZ西班牙餐厅的门正对巷口，门前有"萌物"蹲守——一只大头大眼的花猫摆设，"水汪汪"的大眼睛似在招呼宾客。这些餐厅都是预约制的，贴心的易琳早就替我们叫好了座。

店里的环境相当不错。现代感十足的装修、开放式厨房，让人有"回家"的感觉。我们尤其喜欢二楼的阳台。彼时夜幕已降，凭栏而坐，浓浓异国小资情调满溢。不过，二月春寒，我们还是选择了在店堂内用餐。

西班牙菜包含了贵族与民间、传统与现代的烹饪艺术，加上当地特产的优质食材，菜品在欧洲和世界各地居于重要的位置。我们点了西班牙菜中颇具代表性的Paella。服务员说，这款菜源于西班牙巴伦西亚，在当地语言中是"锅"的意思，它还是法耶火节的食品，食材丰富，风味特别。它是挺有"内涵"的菜，包含青口贝、大虾、蛤、鱿鱼、菜椒、柠檬、橄榄油、白酒等，用新鲜海鱼熬的汤烩成，放入烤箱烤制，是一道名副其实的美食。品着，尝着，看着西班牙大厨的身影，有那么一刹那真以为自己置身异国，在原汁原味的异国美味中悠游。

熟悉这家店，易琳是从它家的"双人午市套餐"开始的。她戏称是"冬日里的一把火"，燃烧了她的味蕾。套餐有饮料、餐前面包、海鲜汤、色拉、主食、甜品。她说着，还比划起来：餐前面包是蒜香的，很香很脆；汤

里有好多海鲜，量足品丰；色拉是西班牙火腿搭配哈密瓜以及满满的芝麻菜；主菜有三文鱼面和牛里脊肉。看着平素苦喊减肥的易琳手舞足蹈的"吃货"模样，我们忍不住笑了。

易琳越吃越嗨，不在我们面前装"淑女"了。她把在这里尝过的美食一一道来，如数家珍。作为听众，我们的食欲再次被燃起。

原来掌管Tiki厨房的厨师长Daviv梁，是一位有15年经验的餐饮能人，无论在中国、新加坡还是马来西亚，他一直保持着创新演示和优质的客户服务，在烹饪界有着杰出声誉。Tiki的菜单定位于靠近亚洲的南太平洋岛屿美食，在开放式厨房内的烧烤是以肉类为主要材料的具有独特风情的菜肴，比较出名的有"Kahlua多汁肥猪堡"，用一种传统夏威夷地下炉烹调而成。

Patsy Grimaldi's前街纽约披萨餐厅，则是一家传承百年历史的砖炉烤制薄底Pizza店。据说，它家二楼充满纽约街头元素，明星照片墙、地铁线路图、手绘城市街景，来自曼哈顿的大厨亲手秘制手工面团，"霸气侧漏"的乳酪饺，脆韧且带有淡淡烟熏味的披萨饼底，嚼劲十足、富有弹性、丝丝缕缕交融于口的芝士，佐以布鲁克林啤酒，味道堪称一绝。

席间，我们还点了红茶、甜点……谈笑风生。果然如易琳所说，"一套下来，就是吃撑的节奏"。虽然吃的不是"午餐"那一套，但在美食面前，吃货的战斗力都是不可估量的。更让人不可思议的是，我们竟然商量起下一次来吃哪一家，点什么餐品！胃里的还没消化呢？真说不清这热忱是从哪儿来的！

建筑中的生活美学

夜晚的衡山坊，恰到好处地闪亮着、美丽着。从逛街开始，我才算真正感受到这里的空间布局，聆听历史留下的声音。这里有10多栋独立的别墅及两排典型上海新式里弄住宅，集合了艺术画廊、时尚精品店、特色餐厅酒吧、创意办公等多种业态。

其中，一栋外墙闪闪发光的建筑，简直美到心田。盈盈闪烁的墙砖在夜色中透着浪漫的光斑。这是衡山坊8号——衡山·和集例外女装馆：The Red Couture。

它的外墙由传统青砖和特殊发光砖两种不同的肌理覆盖。"发光砖"白天看着像青砖，晚上则发出光芒，穿插在青砖之中结合成全新的建筑光效，让人不觉得有灯，而是一块有厚度的砖在发亮。

建筑的内部设计，去年刚刚夺得2016年红点设计三大竞赛单元之一：传达设计大奖。这个楼的梁柱是建筑的骨架。设计师把整个建筑的墙体、楼板都拿走了，通过拉伸而起的新空间，在一楼形成天井，贯穿至三楼。仰视之，仿佛站在大树下，阳光穿过成荫的树枝，形成斑驳光影。同时，墙身中从不同视角开出窗洞，将自然光引入新空间。不同时间的光照，形成的光影效果也富于变化。游走于此，新鲜感不间断。

坊内，一处高大敞亮的独栋Villa很是吸睛。由透明的玻璃门望进去，依稀可见是瓷器制品的"博物馆"。易琳白天曾去逛过，这里是德国顶级瓷器品牌——梅森MEISSEN体验中心，采取预约入店制度，提供"私人品味管理师服务"。在会员预约的时间段，整个店只接待这一位顾客，店员一对一进行导览。

逛着逛着，就看到了临街的5TH SPACE"第五空间"。楼下小黑板上写着"三楼可饮可歇"。行至三楼，发现一路走来艺术的小细节无处不在。你可以在这座"艺术家之家"安静享受咖啡、午餐和下午茶。更有免费参观的艺术家联展。

没来之前，以为衡山坊是全新的建筑群。来了后，走近后，才读懂它的年龄和来历。原先这里叫"树德坊"，建于上世纪三四十年代民国建筑发展鼎盛时期，是东西方建筑文化融合的一个缩影，也是上海近代海派民居的典型样本。

《小城之春》的导演费穆先生、中国第一位独立执业的女建筑师张玉泉女士、民国十大女作家之一的罗淑女士……漫步于衡山坊，往昔沪上文化名人欢聚的场景，似电影画卷在播映。当年是洋气与繁华的代名词，如今是传承与创新的融合，摩登与经典的碰撞。当年是快节奏，如今是慢生活。大隐于市"衡山坊"，做真正的城市文化传播者。

感受城市的"温度"

文/徐 慧

　　一幢幢老洋房红瓦粉墙，屋顶造型独特，门窗似弧圆拱圈。透过花园的栅栏，大片浓绿的植物映入眼帘，不时还有几棵参天大树从栅栏顶探出头来，阳光下远远望去，若隐若现，宁静而安详……

　　初夏的午后，漫步在衡山路-复兴路（简称"衡复"）历史文化风貌保护区，感受曾经的上海，阅读当年的传奇，感知这个城市的温度。

　　衡复历史文化风貌保护区是上海首批以立法形式认定和保护的12个历史文化风貌保护区之一。如果要给上海的12个历史文化风貌保护区列个榜单，衡复历史文化风貌保护区将位列三甲。因为这里既是上海保护规模最大的历史文化风貌区，总面积达7.66平方公里，又拥有各种风格、各种时期的历史建筑，有着"万国建筑博览会"的美誉。

衡复历史文化风貌保护区，将以淮海路-复兴路为东西轴线，乌鲁木齐路为南北轴线，划出四个功能引导象限：西南板块突出行政文化办公功能；西北板块突出历史建筑的万国博览；东北板块突出居住与文化、时尚、音乐艺术的结合，引导艺术人文品位提升；东南板块突出居住和休闲体验的融合。

走进衡复历史文化风貌保护区，梧桐树下聚集了风格多样的花园洋房、新式公寓，名人名居资源丰富。不由感悟到：城市灵魂的形成，不是简单的"搭建堆砌"，而是一个长期的文化积淀的过程——复兴中路1363号的"克莱门公寓"，便是这种积淀的典型。

这是一处由五幢完全相同的公寓楼组成的法国公寓里弄，高三层，连屋顶四层，屋顶有老虎窗采光。屋面为红色机制瓦，南立面山墙为跌檐式山墙。

1929年竣工，为文艺复兴式英伦亚当风格建筑。"克莱门"三个字取自上海法商电车电灯公司的大班、比利时人克莱门。因为在公司受到排挤，愤而成为独立商人的克莱门，嗅到了外国人来沪住房难的商机，做起了建出租房的生意。

1936年，这里曾开设上海第一家室内铺设地板的溜冰场——"辣斐溜冰场"，进门有寄衣帽间和付款租用溜冰鞋的柜台，场地呈椭圆形。1941年，这里则开设"辣斐剧场"，中共地下党员于伶领导的"上海剧艺社"，在此演出过不少左联作品。1941年年末，太平洋战争爆发，日军进入上海租界，剧场被迫关闭。

与此同时，停泊在上海港的意大利油轮"康悌凡尼号"，不愿被日军征用，自沉于黄浦江，船员登陆自寻出路。此后不久，克莱门的侄女招募了以船上餐厅和厨房人员为主体的登陆人员，在剧场原址上开设了一家"森内饭店"，供应意大利菜肴及西点，配有一个不大的舞厅并有乐队伴奏，饭店的生意不温不火。1954年之后，饭店改为"东华书场"，设有400多个座位，常有名家来此献艺。

克莱门公寓作为老上海洋房的代表之一，由于其独特的建筑风格，吸

引了不少以"老上海"为背景的电视剧与电影摄制组，经典沪语电视剧《孽债》、许鞍华导演的电影《半生缘》，都曾在公寓取景。

乌鲁木齐南路178号，是夏衍故居。通过一侧的安亭路曲折进入后，展现在面前的是错落有致的三栋建筑。夏衍故居位于建筑群最南面的2号楼，这处老宅建造于1932年，为3层砖木结构。

这栋建筑见证了1949年8月至1955年5月间，夏衍在上海生活、工作与创作的重要轨迹。在故居的南侧，一块约1000多平方米的草地将在修缮后铺就而成，给市民提供一处休憩放松地。

和夏衍故居毗邻的1号楼曾经是徐汇区政协礼堂，考虑到衡复历史文化风貌保护区内成规模的公共文化空间比较少，这里会打造成一处公共文化空间，服务于周边区域。

建筑群西侧建筑的底楼，则是我国著名翻译家草婴先生的故居，这位一人翻译了托尔斯泰全部小说的翻译家一生的挚爱就是书。

"找一块墓地，并不是草婴所喜欢的，与留一座墓碑相比，将他的文学精神流传下来更重要。"2015年，在草婴弥留之际，妻子盛天民就知道草婴的最大心愿是能建一间"草婴书房"，这里不仅可以存放草婴毕生收藏的书籍，把它们开放给读者借阅，还可以成为人们交流思想和学术的沙龙。如今，草婴的心愿得以实现。

徐汇区文化局相关负责人说，草婴书房的打造会充分尊重其家人的意见，力求将其生前工作、生活的场景鲜活地展示给公众，当然在书房中，最不可或缺的是他的作品。

"夏衍故居与草婴书房是静态展示，当中的礼堂则作为动态展示，这里可以进行一些文化产品、文化剧目的首发，也可以举办一些小型的文化展示会。"相关负责人表示，通过这一静一动的打造，可以让市民拥有更丰富的体验。

事实上，以乌鲁木齐南路178号为中心的辐射半径内，历史文化气息浓厚。乌鲁木齐南路180号为"民国江西五上将"之一刘峙的旧居。不仅

如此，乌鲁木齐南路上还有朱敏堂住宅、马超俊旧居等等，区域内建筑风格多样，英国式、西班牙式等几乎都可以找到。因此，徐汇区将通过178号名人坊的修缮与活化，将其打造成为乌鲁木齐南路一带的重要文化新地标。加上此前巴金、张乐平、柯灵等名人的故居已经对公众开放，衡复历史文化风貌保护区的名人故居开放将形成规模效应。

复兴西路62号是修道院公寓，既是上海市文物保护单位，又是上海市第一批优秀历史建筑。

修道院公寓有着浓浓的西班牙式建筑风格，由南北两楼组成，即由一幢二层和一幢三层的建筑组成。据了解，修道院公寓在修缮更新后，将成为衡复历史文化风貌保护区展示馆，为徐汇阐释海派文化提供展示空间和文化研究资源。

提起衡复历史文化风貌保护区里的爱情圣地，不得不说位于武康路210号的罗密欧阳台。这是一幢建于1932年西班牙式花园住宅，从整体到细廊都有典型的西班牙式花园住宅特征。

"罗密欧阳台"是位于住宅内的意大利式半圆形阳台，它独特的造型和酷肖莎翁爱情剧的场景使人不禁联想起莎士比亚笔下蜚声世界的情侣罗密欧与朱丽叶的幽会之地。上海作家陈丹燕在《上海的风花雪月》中曾信笔描述："不知道哪个朋友曾经点着它说，那是罗密欧要爬的阳台，从此，大家都叫它罗密欧阳台。慢慢经过那意大利式的半圆的阳台，看明黄色的墙面上暮色初合，再看暗着灯，玻璃脏脏的阳台长窗，耳畔突然响起的，是罗密欧的歌声：听不懂的爱情宣言。"

复兴西路44弄是一条宽阔、幽静的弄堂，里面坐落着7幢造型典雅、风格各异的三层楼花园住宅，建于1937至1945年间，7幢房子风格各异，采用7种不同的颜色，醒目而别致。因建造时在弄口地面砌有"玫瑰"二字，故老上海人又称其为"玫瑰别墅"。

玫瑰别墅的房主是孙中山先生的儿媳蓝妮。蓝妮出身于云南苗王蓝氏家族，最先在上海滩上以"苗王公主"而出名。蓝妮涉足上海滩上流社会，

在同学家宴上邂逅孙中山之子、国民政府立法院院长孙科，当了他的秘书，且成了他的二夫人。

20世纪90年代，蓝妮回到上海"玫瑰别墅"，深居简出，几乎足不出户，除了打几圈麻将，就是偶尔到花园里散散步或者摆弄花草。1996年9月28日，85岁的"苗王公主"在这里走完了她人生的最后一站。

武康大楼位于淮海中路1842-1858号，原名诺曼底公寓，又称东美特公寓，建于1924年，为著名建筑师邬达克早期作品。

几十年间，武康大楼先后住过许多文化名流，比如著名电影演员孙道临、王文娟夫妇。孟涛在他的《诗人孙道临》一文中这样介绍孙道临在武康大楼的家：孙先生家的客厅不大，一组沙发围成一个温馨的会客区。几座顶天立地的书橱沿墙而立，把个20平方米左右的空间几乎占满了。好在朝南是一堵全透明的落地景观窗，窗外是一如半间客厅大小的阳台，摆满了先生平时栽种的绿叶植物。

孙道临在此一住就是近30年，从没动过搬迁他处的念头。或许正是这片在喧闹都市里难能寻觅的宁静，给孙道临先生创造了一个理想的生活环境与创作空间。他在这里酝酿剧本，构思镜头，或准备次日的台词……

衡山路的酒吧文化曾风靡一时，随着城市变迁，如今盛况不再。不过在衡山复兴计划中，衡山路将以建业里和永平里为核心，统筹推进建国西路、永嘉路、岳阳路等道路风貌提升，以期成为衡山路生活休闲区。

规划中的衡山路-复兴路历史文化风貌保护区，将在有着老上海气息的石库门里弄和花园洋房之间，适当布局演艺、艺术品展示、时尚设计等业态，植入雕塑、绘画、摄影等公共艺术形式，在广场、街角、绿地、公园等公共空间，设立艺术集市、街道表演活动区等，吸引普通居民参与……在城市的有机更新中，实现文化元素与城区功能的有机融合，还原一个有记忆、有故事、有文化气息的历史街区，传承城市文脉。

第四辑

赶潮

仿佛天上的街市
闪着无数明星
宛若缥缈的仙境
有着满目珍奇
风尚萌动
潮流翻涌
踩着时代的浪花
追逐，追逐

爱上"翡冷翠"

文／伊 妮

知晓"佛罗伦萨",源于徐志摩因思念陆小曼而写下的《翡冷翠的一夜》。由此,我知道佛罗伦萨这个被徐志摩译为"翡冷翠"的城市是那样的浪漫。

从此,我便有一个情结:去佛罗伦萨,感受徐志摩笔下的浪漫和文艺复兴令人徜徉的艺术遗迹。可惜没有时间、加之囊中羞涩,只能在脑海中神游一番。

心心念念的佛罗伦萨,是意大利中部的一个城市,直译为"百花之城",它是极为著名的世界艺术之都、时尚之都和举世闻名的文化旅游胜地。

有幸的是,前几天,陪朋友去逛上海的佛罗伦萨小镇,露天建筑群、广场、石板路、游廊拱廊、喷泉等建筑物,纯正的意式风情,给我一种置身佛罗伦萨的感觉。

　　小镇有四个进出口，从每个入口进入小镇后，均有一片开阔的休闲广场供人休憩。我们从正门进入，那是一座以欧洲文艺复兴之父美帝奇家族城堡为设计灵感的宏伟门楼，充盈着意大利文艺复兴时期的浓浓情怀。

　　放眼望去，圣雅各布广场中柱廊、半圆形的拱券，及具有欧洲文艺复兴气息的花色拼砖的应用，装饰元素融入佛罗伦萨市徽百合花图案，独具形状的屋顶沿街展开，形成美丽的天际轮廓线，成就独一无二的意式古典风情。

　　阳光融融，和风徐徐，漫步小镇，心旷神怡。小镇采用原汁原味的佛罗伦萨城市原理设计：优雅的长廊、喷泉广场，以及一座座意式景点建筑，完美还原了佛罗伦萨的圣母领报大教堂、威尼斯圣马可广场上的道奇宫……

　　朋友是一个热衷于旅游的驴友，走南闯北见过不少世面。她说，见过国内太多山寨的欧式小镇，尽管建造资金巨大，但总有种画虎不成反类犬的感觉。没想到反而是一家奥特莱斯，会如此有情怀，精心复制了一个拷贝不走样的意式小镇。

　　我们去的那天，正逢小镇举办"时尚潮流'镇'当时"系列活动，这个活动有一个很大的亮点：慈善义卖。与通常的慈善义卖不同的是，它分售卖和互动两部分展开。在售卖区，联动腾讯公益和阿拉善SEE基金会的"99公益日"项目，将牛仔布的旧物进行回收再造，制作成ipad保护套和实用手提包，所得资金用于慈善事业；在互动区，消费者可以选择喜欢的印花图案进行牛仔制品的二次装点，所有原料及制作过程都绿色环保，益于可持续发展。

　　朋友毫不犹豫购买了ipad保护套和实用手提包。朋友是一个十分讲究生活情趣和格调的人，平时对这等难登大雅之堂的地摊货，从不正眼注视，此次为何一反常态？她见我一脸的不解，笑道，这也是一种献爱心的形式。她小时候生活很艰苦，父亲在她10岁那年就因病去世，母亲独自用微薄的工资抚养着6个孩子，难以支撑这个家，不得不改嫁。小小年纪的她，挑起了家庭的重担。说起往日生活的种种不易，朋友不由潸然泪下。

　　她说，她16岁那年的小年夜，寒风凛凛，母亲不知为何一反常态没有将生活费送过来，望着家里空空如洗的米缸和患病在床的外婆，作为当家人，她愁眉百结：这个年怎么过？为了过好这个年，白天，她跑到母亲的单位里，值班的师傅说，厂里已经放假。于是她连忙赶到母亲改嫁后的住所，那里是铁将军锁门，母亲不知道跑到哪里去了。

　　夜幕低垂，时针指向晚上8点，可是母亲却一点音信也没有。回到家，她呆呆地望着深邃的苍穹，心情一片阴霾。正在她百般无奈的时候，有人轻轻地敲门，她打开门一看，是住在隔壁的王家阿婆。

还没有等她开口问候，王家阿婆就从口袋里掏出五元钱，硬是塞在她的手里说，孩子，去买点年货吧。说罢，头也不回离开了。那年头，五元钱很管用，普通青工的月工资才36元。王家阿婆的家境也不好，全家八口人，全靠他老伴一个人的工资收入生活，日子过得紧巴巴的。这五元钱是王家阿婆从牙缝里省出来的。望着这份雪中送炭的心意，她感动不已。靠着这五元钱，她们姐妹几个过了一个刻骨铭心的春节。

生活的艰难，培养了她顽强的意志和健全的人格。此后，在她生活逐渐优渥起来的时候，她常常在自己力所能及的情况下，做一些慈善捐献活动。她说，在人生的道路上，她曾经得到过许许多多人的关爱，她要将这份关爱传递下去，只有人人都献出一点爱，世界才会变得更美好。

她说，她很推崇佛罗伦萨小镇，除了商品丰富之外，她最看重的是，小镇经常举办此类慈善活动，将融融的暖意传递到每一颗渴望温暖的心灵。这是另一种情怀的寄托，也是她所希冀的心与心的相连。

在愉悦的购物环境中，顺便献上自己的一份心意，给需要的人们。哦，佛罗伦萨小镇真是一个充满爱意的地方。

漫步佛罗伦萨小镇，购物指南随处可见，完全不用担心迷路。一家挨着一家的商铺荟萃了超200家欧美国际品牌以及亚洲知名品牌。大到阿玛尼，小到SASA，应有尽有。每家商铺的门口都标示了品牌折扣，游逛起来非常方便。

随意走进一家商铺，只见其他地方价格1000元以上的服装，这里只售价几百元。同样的品牌，同样的服装，价格差距为何如此之大？朋友解惑，佛罗伦萨小镇是奥特莱斯品牌折扣购物地。在这里，所有的品牌商品折扣平均可以打到两折，对购物达人来说，到这里来扫货，不仅商品正宗，而且价格实惠。

女人对购物有种天然的情结，尽管家里的衣橱已经再也挂不下一件衣服了，但是走进商铺，见到琳琅满目的服装款式和给力的折扣优惠，还是按捺不住购物的欲望。付款时，她被告知凭小票可获得多重优惠，她不觉咧嘴笑了，想必内心的满足感又升级了。

一圈逛下来，腿酸脚酸。于是，便想找一家餐厅歇歇脚。据说，小镇颇具特色的餐厅莫过于"Bella Vita美好生活"了，著名的意大利主厨配上百分百当日空运的食材，可以让顾客品尝到风味地道的意大利美食。对此，我摸了摸口袋，压抑下食欲，继续向前走。一股浓浓的咖啡香扑鼻而来，我深深地吸了口气，循着气味而去。

萧亚轩曾唱道："爱情像卡布其诺，浓浓的眷恋泡沫。"现在的咖啡，好像已是白领钟爱的饮料了。在小资人群中流行着这样一句经典的话：我不在办公室，就在星巴克；我不在星巴克，就在去星巴克的路上。泡星巴克，是小资生活不可或缺的节目。在午后的阳光下，喝上一杯浮有起泡奶油和一小片柠檬的卡布其诺，或许是打发休息日的最好选择。

昔时，张爱玲在文章中经常会提到老上海的咖啡馆，充满奶油味和咖啡香的咖啡店，对她而言，都是温暖美好的记忆。

随着西风日盛，这些年来，上海的咖啡店也从一家家高级宾馆、商务楼走到了街边，这一点倒是很有点欧洲的味道。

不过，欧洲咖啡店往来的多数是已经退休的老人。他们已经放下手中的工作，慵懒地躺在路边的藤椅上，独自打发时间。通常他们都会面向路边的年轻人，若有所思地坐上半天。他们看上去很淡定，只是默默喝着自己的咖啡，无所事事。

佛罗伦萨小镇的户外咖啡厅显然不是属于这些无所事事的老年人的，来的更多的是年轻的情侣和购物歇脚的游客。尽管是户外咖啡厅，仍是一如既往的静谧，一如既往的浪漫。据说小镇有超过10家不同风味的户外咖啡厅、餐厅，顾客可以在那里饕餮中西各色美食。

我们去的那家户外咖啡厅设在一幢意大利建筑的底层，里面大多是年轻人。有男女依偎卿卿我我，说些绵绵的情话；有一桌桌穿着时髦的少女，叽叽喳喳如春天的小鸟。

　　我们分别点了卡布其诺和蛋糕，沐着阳光，迎着和风，慢慢享用。朋友翘起兰花指，大拇指和食指随意捏住细致玲珑的小勺子，顺着顺时针方向在咖啡杯里无意识地搅拌着。热气袅袅，缠缠绵绵，从那个杯口直径大约8厘米的白玉般精致瓷器里缓缓上升、蔓延，如烟如雾。她说如果徐志摩能够活到现在，他一定会爱上这里。在一个阳光灿烂的午后，挽着陆小曼，十指相扣，漫游在佛罗伦萨小镇。累了，在户外咖啡厅来两杯咖啡，歇歇脚，说些暖心话。晚上回到家里，将白天的所见所闻所思写下来，一定又是一篇传世之作。

　　"是的，是的。"我附和着，佛罗伦萨小镇有着许许多多诱发诗兴的浪漫有趣的题材。

　　不知不觉，天色暗了下来。华灯初上，小镇也愈发安宁。虽然不是月朗星稀的清夜，但穿梭在暮色中的小镇里，也别有一番情调。

　　此文行将结束时，听朋友说，2018年1月15日，佛罗伦萨小镇——上海名品奥特莱斯被上海市旅游局批准为国家AAA级旅游景区，这也是上海首个被评为AAA级旅游景区的奥特莱斯。

去"尚都里"寻找自己

文/飞 洋

生活在城市这个大闷罐,时间久了,心就会"入霾"。越走越快的脚步,越拉越长的扑克脸,带走了曾属于自己的梦想和坚持。有时在想,能否换一种活法,来一场说走就走的旅行,在路上寻找自己。如果这场旅行的目的地,距离城市不远,能让身心在梦想和现实之间及时切换,那就是"大美"!

"周末约吗?""去哪儿?""尚都里!""好,走起!"

在某大型旅游网站工作的大瑶,深知最近北方冷空气南下,我又快"入霾"了。她搜罗了一圈"出霾圣地",为我锁定青浦朱家角放生桥畔的"尚都里"。这倒是一处从市区出发一小时车程可达的地方,名字也早有耳闻。

一

"尚都里是文创人的乐土。"大瑶一边说着,一边带我从油车浜路的地下车库上楼。WOW!这不是疯狂的达利吗!刚踏上尚都里的地盘,"小心

脏"就被一尊浓墨重彩的巨型人像震慑。大瑶不紧不慢，指了指展示牌：原来是"上海城市空间艺术季"的案例之一，出自克罗地亚雕塑家Cherina之手。与远在徐汇滨江的另一组案例遥相呼应，都是水岸边的艺术风景。

这里的游人，多是三两做伴，没有浩浩荡荡如潮的汹涌。建筑清雅简约，两三层楼的高度，栋栋不重样。没有一条街巷可以看得到尽头，在错落有致中曲径通幽。行走于斯，有种"峰回路转，柳暗花明"的妙趣。正如，一个转弯，我们遇见了古宅——朱玑阁。

掩映在时尚群落中，朱玑阁有点让人意外，但不突兀。握着门上的铜环，轻轻推开大宅门。那"吱嘎——"一声响，仿佛把时光倒回百年。迈过高高的门槛，眼前是一个全木的古老世界：栋梁、窗棂、楼梯、门板，木的纹理是岁月的褶皱。大瑶是做了功课来的，她告诉我，此地本是大户人家，这个建筑只是原建筑的一部分，是女眷们消遣之所，回字形中辟出的开阔地，则是戏台。

遥想当年，这儿应该有一段静静的旧时光：阳光洒进院落，大门不出、二门不迈的女眷们端坐堂前，凝神聆听戏里意韵，有时还轻吟两句戏文。戏台上，演绎着昆曲《牡丹亭》，"丽娘"轻甩水袖，咿咿呀呀吐露着相思。几件质朴民乐伴奏。二楼的化妆间，候场的演员们忙进忙出，或描眉画眼点绛唇，或穿衣戴冠弄折扇。听到欢喜处，女眷眉目生辉，相视一笑；闻见伤心处，则愁肠百转，泪湿帕巾……啧啧！把明星请进门，坐在家里听演唱会，这情操还真是高雅。

走在空荡荡的回廊，木板在脚下"低语"："昔人已乘黄鹤去，此处空余朱玑阁"。"大瑶，这里一直空着？"她笑而不语，翻出了相机里的存照。黑白画面中，一身短打的大瑶和一群年轻人席地而坐，披着长发，赤着足，笑得灿烂，木宅旁露出天空一角。这背景不就在眼前吗？

"你什么时候来的？""八月底。这里办了一场角市。"那天在JamMart即兴舞台上，大瑶听到了很多音乐和故事。她对"人声"翠花姑娘印象深刻——模样俊俏，唱风嬉皮。翠花自叹是建筑民工中埋头作图的"工蚁"，三十岁之前从来不敢想"玩音乐"这种事，来到这里才找到"潜意识里想要的生活方式"。说起当天的吉他、贝斯、鼓，大瑶还晃起肩膀，像在回味一段动人旋律。

别看她有时粗枝大叶，其实骨子里是个文艺女青年，寻求着大隐于世的精神自由。

十月的水乡音乐节，大瑶也没有错过，从浦东一路追到这里，听来自加拿大的"赛格布尔"乐队表演原生态乐器六重奏。据说，那天听众多到只能站着欣赏。不过，从她陶醉的神情中还是可以读出几分"古今中外大碰撞"的品质感。"下次记得带上我哦！"当古宅遇上"声光电音"，这样的人文艺术交融，我也期待。

刘美玲绘画艺术作品展，朱玑阁里的一张宣传画吸引了我们。画中的温婉女子便是刘美玲。"画在衣上，人在画中"，一位爱好收藏的青浦朋友曾向我说起过她：从花卉到京剧人物，她能把人间百态描摹成故事，再把故事"拓写"在旗袍上，创造出流动的画作。听说刘美玲在尚都里的一些角落留下了画宝，等待我们去"偶遇"。

百年前，朱玑阁以艺术慰藉深闺，让心随歌声"飞"出高墙；现在，它仍以艺术哺育往来游客，让心觅得归宿。坚守一份人文情怀——时间沉淀出了朱玑阁的个性。而这般"个性"，何尝不渗透在尚都里的基因里！

二

"水不在深，有龙则灵。"听过这句话的人不在少数，见识过这句话的又有几个？十年前，建筑大师登琨艳就曾指着朱家角的地图说：这里是

上海的龙尾所在，我要在这里建个"龙抱珠"，保此地永世繁荣。如今，在两棵古玉兰下，"龙珠"形态初具。午茶时分，大瑶和我提起尚都里"龙珠"一说，听得我心头痒痒。

茶足饭饱，我们踏上"寻龙"之旅。作为一名"中国好导游"，大瑶顺利找到了"龙珠"——一间半成品建筑。推开门，沿红毯一路向前，视野越发开阔。那是什么？一尾白羽似的装置垂在半空。远看，像白云，像雪花，像天使翅膀，像少女裙裾，更像一条中国龙。近观，发现"龙"居然是"活"的，它由玻璃、金属及高科技材料组成，会发出呼吸似的"蠕动"，会随互动感应抖动龙鳞。

龙珠里的一条龙，这是谁的创意！当我还在神游时，大瑶已经"度娘"出结果："春龙条，国际大师的互动雕塑。"她还晒出大师Philip Beesley的工作剪影：从方案研究到前期检查，再到动手布置，前前后后经历了18天。这位加拿大大师对于作品细节相当考究，每一个部分的下垂高度，他会一一过目，还亲自上阵，调整尺寸。

春龙条，虽为素色，却不失活力，属个性之作，我忍不住想为它"点赞"。Philip Beesley认为，所有的物质都是有生命的，建筑也是活生生的"生命"。于是，他在此执着，将执念浸润在春龙条的每一缕发丝中，倾注在春龙条诞生前后的每一滴时光里。

在"龙"的下方，是一方舞台，背景清晰如昨——海派旗袍大赛。"原来在这里！"这项活动也是大瑶心心念念着的，但是手慢啊，抢不到票啊，看不成啊，只能"干惦记"了。我也跟她一起，通过移动端，感受这里曾经的闪亮：一个个风姿绰约的平民女神，在旗袍的映衬下，身段玲珑，星眸含笑，气质如兰，步履款款。

"有范儿！"参赛者中，一位银发老人引起了我的注意。可以说，她已经步入了人生的冬季，却还能绽放出春天般的美丽与自信。而我，自打完成"生产任务"后日渐发福，甚至一度失去了打扮的兴致和改变的勇气，"霾"便有了可乘之机。为什么不从这些旗袍佳丽身上，找回那个年轻的自己？

爱美，是一种勤奋，与年龄、性别、国籍、经历无关。在"龙珠"里，我得了这番领悟。出馆时，踏上红毯，挽着大瑶，自信地走了一遭。谁说红毯只为明星而准备！

三

"十多年前，当我们看到放生桥畔这幅地块时，眼前浮现的是巴黎郊外的吉维尼、东京郊外的箱根等小镇。我们相信，总有一天，上海市民也会像这些世界级大都市的市民一样，在周末离开嘈杂的市区，扶老携幼到周边的特色小镇度过一个愉快的周末。"尚都里项目开发商冯伟琴女士，向公众描绘了这样的愿景。

尚都里由五大国际知名华人设计师联手打造，登琨艳、张永和、陈屹峰、柳亦春、马清运，牛人出牛作。在2014年北京国际设计周上，尚都里就与K11一起荣获"艺术社区联盟-杰出成就奖"。后又被"上海发布"推选为"上海十大新小清新集聚地"之一。

从2013年出世以来，尚都里的商店开业率一直不高。但是每一家店都有其文化特色和人文精神，比如三联书店、思班瓷立场、巧克巧蔻、有木有陶。当新天地、田子坊在石库门里走红时，尚都里则在自有建筑中寻找合适的内容。当朱家角北大街游人如织、店铺琳琅时，尚都里在考察时尚的定位与内涵。当连锁品牌想着叩开尚都里的大门时，尚都里立下连锁品牌不超过20%的规矩。当别人劝其放松原则、放宽标准时，尚都里选择了隐忍与淡定，选择了做自己。任时光匆逝，不疾不徐。

夕阳西下，漕港河上一半瑟瑟一半红。水岸边，大瑶拍起了小桥流水，我的心情一片晴朗。霾，哪儿去了？被缓缓流淌的江南水带走了吧。对岸成片成片簇新的房子，是尚都里的住宅商业。看，那一栋一栋，披上了金红的霞光。

轻奢小资锦绣坊

文／允 儿

　　深秋的一个夜晚，昔日初中同学云发来一则短信，曰：自中学毕业转眼已是40多年，很想念大家。建议11月15日下午在锦绣坊张家浜侧，绿荫树下，家长里短国家事，天南海北扯天黑。不知各位意下如何？敬候回音，谢谢！"原来云同学最近刚升级为外婆，这可是我们同学中的第一人，她想请我们几位好友共享这份喜悦。

　　过了几日，她又发来短信，告知聚会的具体时间、地点，并要求："咖啡或其他饮料免费，女生可带些小食，男生可分别负责一款水果，每人一颗即可。其他意见由大家补充。愿大家有一个愉快的下午。"聚会的前一天，她又发来短信："各位同学，近日阴雨多，气温低稍寒。明日有聚会，注意保温暖。午餐留余量，茶点食更香。绿叶碧水间，谈笑心欢畅。"收到这样的短信，我被她的热情、细心和周到感动了。

　　锦绣坊，位于浦东张家浜河畔，北侧与上海科技馆隔水相望，东侧是浦东"绿肺"世纪公园，河水清澈，风光秀丽。沿河步道，曲径通幽，走过连接两岸的彩虹桥，在小桥流水的雅致氛围中，可见对面的上海科技馆。

锦绣坊的前身是张家浜创意产业街，是知名导演、画家陈逸飞先生所策划的休闲街，集文化、艺术、创新于一体。

整条街以创意用品、休闲餐饮、休闲娱乐为经营主题，引入时尚家居用品、艺术装饰用品、奢侈名品专卖、艺术摄影、人体彩绘艺术、艺术雕塑、画廊等，旨在打造一个创意、休闲、娱乐相结合的商业平台。

聚会当天，气温有点低，风刮在脸上有点刺痛感，时不时还下点小雨，我们几位同学仍如约而至。坐在露天的茶座下，抬头就见有着"浦东塞纳河"之称的张家浜，四周是郁郁葱葱的绿色，空气清新。

每人手握一杯热咖啡，桌子上的水果、零食也很诱人。顾不得拍照，我们一个话题接着一个话题地聊着天。从一位朋友大学毕业42年后的同学聚会说起，每个人都深感岁月匆匆。这位朋友与我们分享他们同学聚会的合影，我们乘机怀着八卦心理，询问其中有没有他的初恋。初恋，相信每个人心中都有那么一段清纯、美好、羞涩的记忆。下午茶，就在这样轻松愉悦的气氛中进行着。

我们的经历都很丰富：有的下乡插队，风里来雨里去，面朝黄土背朝天，恢复高考后，走进大学深造，做了一辈子的中学老师。有的毕业就去了黑龙江生产建设兵团，身边大多是老三届的大哥大姐，她做梦也没有想到上世纪七十年代初，竟幸运地被推荐上了交通大学，毕业后分到了大连。后来为了与先生儿子团聚，设法调回上海。开始奋战在船舶科研一线，从普通技术员升至厂级领导，直至退休。还有的始终喜欢舞文弄墨，对诗词歌赋颇有造诣。

曾家住浦东张家浜地区的她，命运坎坷。从安徽农村病退回沪后，与一个同事结婚生子。然而，幸福的小船，说翻就翻。婚后不久，他们夫妻俩双双下岗。屋漏偏逢连夜雨，之后，她老公患上肝癌，年纪轻轻就走了。办丧事时，她老公老家农村那些原先八竿子也打不着边的七大姑八大姨都来

了。七嘴八舌的提议要按照乡下的习俗，买这买那。她也想将老公的丧事办得风风光光，然而，这一切都需要钱来支撑。

其实，为了给老公治病，她已经花光了家里所有的钱。她很要面子，不愿将自己的窘境告诉这些七大姑八大姨（说了她们也不会信）。她想了一夜，想出一个妙策。第二天一大早，她不慌不忙地对七大姑八大姨说，昨天晚上阿欣（她老公的小名）托梦给她，说，他现在那里当银行行长，年薪1千万，钱多得用不完。你在阳间什么也不用操办，只需将儿子培养成才就好了。那些七大姑八大姨听了她的那番话，瞠目结舌，不知如何应对。既然有亡人的口信，她们纵有千不甘万不愿也只得作罢。

我们听了都夸她"脑筋急转弯"，她淡淡一笑，说，那也是被穷逼的。

生活中往往会有许多出乎意料的事情发生，也许是跌落谷底，也许是鲜花与掌声，人们永远无法预知下一秒会发生什么变化。

"人生就像一盒巧克力，你永远不知道下一块会是什么味道。"电影《阿甘正传》里的经典台词，道出了人生的个中滋味。

但这句名言在我们面前不远处的七巧甜品店里，却有着别样的诠释：人生就像一盒巧克力，你永远不知道你会多爱它！

据说，七巧的女主人之一P小姐，是地道的台湾客家人，也是个巧克力迷。她年轻时就有成功的创业经验；后来因为先生的工作调遣，便携女随夫旅居马来西亚。

2008年暑假，P小姐带着女儿回台湾游玩，在旅途中无意间来到当地一家巧克力店，身为巧克力迷的P小姐自然不会放过这品尝的契机，没想到这巧遇的美味让P小姐顿时惊艳不已；打听之下才知道原来这是当地一家非常知名的巧克力店，天然新鲜的可可脂加上现场手工制作的特殊工艺，使得巧克力拥有了棉花糖般轻盈绵密的口感。可可的新鲜、苦涩、回甘、甜蜜，彻底打动了她的心。

这盒巧克力所带来的惊喜，让P小姐当即决定要将这款巧克力技术带回马来西亚，让更多人吃到这健康美味的感动。

回到马来西亚的她开始拨打巧克力店名片上老板M先生的电话。无数通的越洋电话，甚至飞回台湾专程拜访M先生洽谈合作事宜，却迟迟没有结论。

时隔数年，P小姐跟随先生来到了上海，但她仍没有放弃她的巧克力梦想。在上海一个炎热的午后，P小姐到闺蜜家小聊，H小姐与G小姐听到巧克力计划后，一拍即合。这个计划传回台湾后，L小姐及D小姐也立马跟进。于是，从原来的一人找点，变成五个人一同分工，从选址、品牌设计、人事、系统流程到产品技术等等，有人开着车从黄浦江东岸寻觅到西岸，只为找寻一处酷似巴黎塞纳河畔的柔情与浪漫，经过多地勘察，店铺最终落户上海浦东美丽的锦绣坊，紧邻张家浜河畔。在这幽静的环境中，与巧克力、美酒、咖啡来一场邂逅，真的很美妙哦！

谁说巧克力一定是舶来品？这五位台湾妈妈的初衷是让更多人吃到属于中国本土的巧克力。她们在M先生授权的技术基础上，进行创新研发，不仅能做出欧美巧克力的浓郁香醇，也能做出日式风味的柔滑生巧，更能融入中国特色食材，打造出中西合璧的风雅韵味，比如在巧克力中融入云南有机玫瑰花、台湾顶级龙眼蜜、山东养生片姜等，使美味层次更丰富。

七巧还特别从美国聘请了J先生担任巧克力主厨。J先生不仅是一名艺术家，也是旅游爱好者，他将旅途中发现的各种新事物，都作为创意灵感，投入到对巧克力的精心研发及雕琢中，让来自神秘玛雅文化的可可豆，幻化成一颗颗小巧可爱的精致甜点。

在"七巧"，客户能透过玻璃橱窗，看到主厨大显身手，所有的制作过程都展示在客户眼前；不论是整洁宽敞的室内用餐环境，还是户外河畔的浪漫风景，都叫人舒心。

与浦西的一些创意园区借助旧仓库、旧厂房不同，锦绣坊的创意屋都建在张家浜河道北岸。为了不煞亲水风景，邻水创意屋的高度都定为两层楼，大多数建筑呈不规则的立方体，每幢楼的建筑风格都不同。看上去就像简易木板房，外面涂着不同的颜色。

整条街上一座座小屋连成一片，看上去也像是一块块造型迥异的"积木"，它们外形像不规则的几何立方体，穿着

用铜板、钢材和玻璃做成的不同色调的外衣，有着独特的质地、纹理和色彩。街上的大多数建筑呈"不规则的立方体"，屋外玻璃窗的分布位置和大小也不同，错落中又有规律。

依水而建的锦绣坊，在设计时强调"水是历史、是文化、更是艺术"，整条街以主题为纽带连接成一体：一座座小屋外形奇特不一，似被刀斧切削而成。

走在锦绣坊，时常可以见到说着日语、韩语、英语各国语言的国际友人。周边特殊的社区居民结构，让锦绣坊成为外国朋友聚会的首选。在这条街上，由年轻人自主自发，统一配置"摊位"，兜售"新鲜、潮流"的创意作品，这些集合新锐优秀设计师与工作室的创意产品，很受年轻潮流一族喜爱。

云说，夜幕降临时，那里则另有一番风情，迎着晚风到那儿走一走，是一件惬意的事。

停不下来的高跟鞋

文/伊 妮

　　第一次走进奕欧来上海购物村，还是2016年的9月。彼时，我在上海购物节组委会办公室工作。在选择当年的购物节主会场时，浦东新区商务委极力主张放在当时新开业不久的奕欧来上海购物村。经过一系列的调研，领导最终采纳了这一提议。

　　"星愿湖，月牙畔，伊人秀，星光熠熠。新消费，新体验，新联动，十年如歌。"是年9月9日晚，奕欧来上海购物村，伴随倒计时的"嗨"声，十只由意大利艺术家精心设计的时尚兔灯瞬间亮灯。全场消费者不约而同晃动手机，沉浸在"开幕摇奖"的喜悦中。与此同时，遍布上海商圈、商街、商场的大屏幕，纷纷出现2016上海购物节开幕的热烈场景。

　　当晚的会场设在奕欧来上海购物村的星愿湖畔。参加开幕典礼的原上海电视台财经记者冯正治指着波光粼粼的湖面，脱口而出范仲淹《岳阳楼记》的诗文："春和景明，波澜不惊，上下天光，一碧万顷。"并说，此处远离

尘嚣，四周宁静和谐，节假日与家人在此休闲，不啻是一个绝妙选择。

我不是购物狂，我是个宅女。人们说，会打扮的女人大多是喜欢购物的，她们喜欢买漂亮的衣服，时尚的小玩意儿，还会化淡淡的妆容，这种女人让人看在眼里，疼在心里，不爱也难。在我眼里，爱购物的女人是女人中的精品，她们知道怎样让自己更加美丽，懂得什么才是真正适合自己的，她们是美丽而优雅的。当然，她们的生活相对来说，是过得滋润且有品位的。

我是一个不会购物的丑小鸭，为了书写奕欧来上海购物村，也只好勉为其难去零星地描述它。

奕欧来上海购物村，占地55000平方米，是欧洲精品旅游购物村创立者唯泰集团旗下的第十一个购物村，由三栋面湖而立的新月形建筑构成，囊括了精品店、餐厅、休息厅以及多个艺术展览空间。来自全球的装置艺术风格，充满灵感的创意搭配，使其宛若奢华的欧式度假乐园。

一个周末的下午，我去奕欧来上海购物村闲逛，去那里只是为了在140间精品店铺之间逛逛看看，消磨时光。

其实，站在众多女性立场上，去奕欧来上海购物村逛街购物是一件很有意义的事。在那里，可以了解市场行情，可以带着欣赏的眼光走在时代的前沿，同时买的东西也往往称心如意，物美价实。

在奕欧来上海购物村的一家品牌折扣店里，各种长短厚薄的大衣琳琅满目，许多与我同龄的女子在试穿，三个服务员应接不暇。期间，几个女人试穿满意便立即付款离去，潇洒得很。也许女人喜购物的特性会传染，我这个原本没有购买欲的丑小鸭也被她们购物的激情所打动，不由自主加入了试衣的队伍，连穿几件感觉都还不错，于是又给一同事发消息，叫她也来看看。半小时后，同事赶到，互相帮着挑选款式，最后，我们一人选了一件乳白色淑女风短大衣，然后把营业员叫至一旁，扫了个优惠价，付款后包起来，皆大欢喜。

　　奕欧来上海购物村有着一对令人叹为观止的大门，一条气派的宫殿大道和优雅的迎宾中心。这里的每一条街都以一位艺术装饰主义领袖的名字命名，如维塞大道、鲁索罗大道、美尔大道等。呈新月形的街道，沿着上海迪士尼度假区星愿湖畔蜿蜒，宛若翠玉坠入湖中激起层层涟漪。

　　有位朋友给奕欧来上海购物村起了一个很别致、很形象的昵称：停不下来的高跟鞋。这个昵称源于她的一次购物经历。

　　那次，她原本准备在奕欧来上海购物村逛两个小时。按照她以往的购物经验，在一个地方购物两小时足矣。想不到，这一逛就是整整一天，从上午10点到晚上8点，其间除了在湖滨餐厅用餐外，就是不停地"扫店"，手上挂满购物袋。她的跟班——热恋中的男友，肩上扛的、手上拎的，也全是她的战利品，累得气喘吁吁。朝着汗流浃背的男友，她投去了抱歉的目光，说，亲爱的，对不起，这里的衣服实在价廉物美，叫人难以割舍。她男友回应得很是体贴：没有关系，你慢慢逛吧。

　　作为奖励，她在一家大牌店，花了1800元给男友买了一件大红色的羽绒服。她不无欣喜地说，这个牌子的羽绒服，在外面起码要3000元。

　　单位同事听她绘声绘色地分享那次购物经历，心里也痒痒的。于是，集体约定下班后去"扫货"。

　　按照她的描述，同事们直奔主题，买当季衣包。在一家品牌店里（为避免给商家做广告之嫌，在此不提该商家店号），同事们"各寻所爱"。同事小张，一个来自东北的80后小伙子，准备去相亲，几个同龄人尤其是女孩子自告奋勇充当他的形象顾问。众人七手八脚，一会儿拿一件衣服让他试穿，一会儿拉着他在镜子前面左转右转。然后评判道，这件不行，再换一件。好不容易搞定了。有好事者提议：小张，你这条裤子不行。得再买一条裤子，与衣服搭配。于是，又是一阵忙活……

　　闺蜜小李，是一个很节俭的姑娘，平时买衣服很少超过300元。可是在奕欧来上

海购物村，却毫不犹豫花2000元，买了一件白色带帽的羽绒服。小李说，自己比较胖，穿一般的羽绒服显得很臃肿。这款羽绒服的版型很经典，充满OL气质，羽绒风衣拉链的设计外加腰带的搭配非常修身，袖口和帽子边缘的狐狸毛领搭配，贵气高雅，简洁大方，让人很是喜欢。

小李说，这件羽绒服物超所值。她解释道：高档羽绒服一般选用90%以上的白鹅绒或90%以上的白鸭绒，保暖性强，蓬松度高，穿着又轻盈又舒适。如果先用手压，然后把手松开，羽绒很快就蓬松起来恢复原状。她说着，用力压了一下羽绒服，果然，手一放开，被压变形的羽绒服，就恢复到了原来的形态。

在奕欧来上海购物村巧遇一位昔日的中学同学，她独自一人穿行在一间又一间商铺。"你怎么一个人来，老公呢？"她皱着眉头说，老公嫌她逛街麻烦，不愿陪同。偶尔在她的软硬兼施下去了，便蹲在大门口，煞有介事说：我在这站岗放哨，你放心去吧，任凭你怎么说，硬是雷打不动。几次三番后，便不敢再劳驾他了。

同学说，奕欧来上海购物村离她家不远，于是自己经常一个人去逛，东游西荡，漫无目的，也别有一番情致。尽管囊中羞涩，但在那经济实惠物品中流连忘返，听营业员一两句夸奖词，得意忘形了，便欣然买下，不半日功夫，便是硕果累累，兴高采烈打道回府。

限于经济条件，囿于家中衣橱满满，她有一阵不来逛了。然而，看见身边那花枝招展的彩蝶，按捺不住，又欣然前往。她说，女人购物就像男人抽烟、玩游戏一样，是女人享受生活、放松心情，或是发泄郁闷的一种方式。

曾经有个女友，一和老公吵架就会到商场狂购一气，买完东西花完钱，心情就自然好起来了。

她直言，如果要评选她喜爱的上海购物地，奕欧来上海购物村是首选。

购物的感受因人而异，总而言之，是个人的态度和兴趣的选择。

时尚达人"小章鱼大丸纸"对奕欧来上海购物村情有独钟。她表示，"漫步于斯，穿越林荫道，不仅有绝佳的购物环境，从特色造型到日常装扮，都能在这里觅得合适的搭配。"她曾在这里买过一件蓝衬衫，她说，那件衬衫的颜色像极了色彩层次丰富的大海，不同的"蓝"交织，下装以白色搭配，明暗相映，还有种降

温至少10℃的视觉效果。炎炎夏日，这件"小蓝"让她成了一抹明媚清凉的风景线。

其实，奕欧来上海购物村远远不止是购物圣地，它还囊括多种多样的文化艺术活动，引领人们开启一段时尚创意之旅。购物之余，很多人会在月牙畔的餐厅和咖啡馆休憩闲聊，一边欣赏湖光水色，一边在湖畔大道享受欧洲及本土风味美食。

奕欧来上海购物村给我印象最深的不仅仅是琳琅满目的品牌商品，还有无可挑剔的服务态度。那次，我和朋友同行，购物结束，我们兴冲冲往回走。快进地铁站时，朋友突然说，她的手机不见了。翻遍背包的角角落落，也不见手机踪影。朋友急了，手机里面有许多资料，万一掉了，麻烦得很。我安慰着说，你想想会掉在哪里？"哦，在奕欧来上厕所时，随手放在洗手台了。"朋友回忆道。于是，我立马打电话到奕欧来上海购物村的值班室。值班的是一位男同志，他仔细询问了手机型号和手机号码后，说，刚才一位保洁阿姨在打扫厕所时，捡到了这只手机，已经送到值班室。你们如方便就返回来取，别忘记带上身份证，对于失物领取，奕欧来有一套严谨的制度。

"好的。"我们辗转返回奕欧来，赶到值班室。面对我们一个劲儿的感谢，那位男同志淡淡地说，不用谢，这是我们应该做的。

浓浓的人情味，也正是奕欧来上海购物村又一个与众不同之处。

在迪士尼小镇

文/杰 尼

　　去迪士尼小镇游玩，纯属偶然。周日，与秋原本说好去迪士尼乐园附近的某百花园拍摄郁金香。临下地铁时，秋突然说，百花园要80元门票，浦东世纪公园也有大片郁金香，我们不如另抽时间去世纪公园，此行改道去迪士尼小镇。于是，也就有了这次迪士尼小镇之游。

　　午后，天有点阴，风刮在脸上暖暖的，走在小镇宽阔的人行道上，游人寥寥，没有通常商业街区的喧嚣和烦躁，赏心悦目，任心底彩虹升起。

　　秋说，迪士尼小镇非传统意义上居所云集之地，里面遍布城堡等童话王国里的建筑，是一条有着童话风格的商业休闲街区。

　　小镇市集门外的售货摊上，挂满了各式各样的米奇妙头饰，琳琅满目，美不胜收。秋见了童心大发，拿起一个米奇妙头饰便往头上戴。"小姐，我帮你将商标取下来。"站在商摊前的那位容貌姣好的营业员姑娘，笑呵呵地将商标取下。在那位营业员姑娘的注视下，秋美滋滋地用手机自拍了一张。

一串又一串肥皂泡沫，飘浮在绿色圆顶小屋的迪士尼世界商店门口，引来无数男女老少的追逐。在这里，无论你处在哪个年龄段，都会像孩童一样，追寻儿时心心念念的童话王国，唤醒深藏在体内的"少女心"。

走进商店，秋就像个孩子一般抱着萌态可掬的"米奇"，要我用相机拍下那欢乐的时分。秋说，这一刻她好像回到了少年时代。

都说，迪士尼乐园是现实生活中的梦幻之地。近一个世纪来，它见证了无数孩童的稚嫩天真，无数学生的青春韶华，无数恋人的两情相悦，无数耄耋的相濡以沫。在秋的心灵深处，迪士尼就是一切美好的代名词，而迪士尼小镇则是这代名词的最好注解。

秋曾是一个对生活充满憧憬的"文青"，喜欢用笔将自己的想象写下来。在她很小的时候，就听去过美国的长辈说起过那里的迪士尼乐园。长辈绘声绘色的讲述，在她幼小的心灵里埋下了长大后一定要到迪士尼乐园去感受童话王国的念想。此后，在很长一段时间内，她用自己想象中的迪士尼作为作文素材。尽管每每得到老师的赞赏，但她心里总有种隔靴搔痒不贴肉的感觉。渐渐的，她长大了，中国香港地区也有了迪士尼乐园，她利用假期去了几次，然而来去匆匆，意犹未尽。如今，上海有了迪士尼，她办了卡，成为那里的常客，与别人不同的是，她将逛迪士尼小镇作为自己的最爱。

她说小镇去过多次，四季都有不同的感受和体会。她喜欢在那里享受闲庭信步的美妙，去领悟一个生气勃勃的小镇以及洋溢其间的人文之爱、自然之爱。

在小镇里，她曾像燕子衔泥一样，很有耐心地一款又一款地收集着迪士尼徽章。有人对此很不解，问道，秋，你一个30多岁的人，怎么还像孩子一样喜欢这种小玩意？她笑笑道，这是我的嗜好，哪怕到了80岁，这嗜好也不会变。

米黄色，用绒布制作的泰迪熊孤独地站在小镇的一个拐角处，走过路过的游人都会停驻脚步，与它来一个亲密的合影。是喜爱它笨拙的憨厚，还是怜悯它的清冷独处？我静静地坐在它对面花坛的石凳上，默默地解构着。

"先生，能否帮我拍一张？"一位红衣女子举着手机走到我面前，询问道。"可以。"我接过手机，红衣女子飞快地跑到泰迪熊身前，摆了一个POSE。我赶紧按下快门，"抓"住了她甜甜的微笑。

"谢谢。"红衣女子回看着手机画面，连声道谢。她说，她来自黑龙江，是趁在上海进修的空闲时间特地到小镇来替儿子买些迪士尼玩具。许是东北人的直爽，红衣女子很健谈，她说，原本想随便给儿子买一个就是了。想不到一走进迪士尼世界商店，计划全变了：纪念品、文具、玩具、毛绒手表等，4000多个品种，这个想要，那个也想要，恨不得都买回去，但是钱包不允许，最后挑了两个，花了300多元。

她说，她喜欢这里，到处充满童趣童真。小镇的韵味，一重接一重，走走停停间，尽是魅力。在这样一个氛围里，人与人之间的关系变得格外的纯净，问个路呀，找人帮助拍摄一张照片呀，都能得到满意的回复。看着一个个笑容可掬的毛绒玩具，原本浮躁的心不由得变得平和，灵魂仿佛也得到了净化。以后有机会，一定会带孩子到这里来熏陶一番。

迪士尼小镇的生活节奏是悠慢的，但也是生气勃勃的。秋说，原先，这里还是一片农田，经过一年多的开发和完善，已经嬗变成一座集休闲、商娱消费于一体的现代化国际性美丽小镇。其中，迪士尼乐园功不可没。

在波光粼粼的星愿湖畔，秋告诉我，上世纪70年代，很多美国人住在郊区，而非城市或农村。迪士尼为了改变这一现象，秉持着"邻居能够在夏日的月光中互相微笑"这一理念，想要打造一个一体化的小镇。

作为这一构想的底蕴，华特·迪士尼老爷子早在1966年就申请下了佛罗里达州的27,400英亩土地。他对这片土地的安排是，要有主题公园、工业园区，以及机场、学校、商店……

1971年，奥兰多迪士尼乐园开业，到1985年，整个乐园已经拥有两个主题公园，第三个在建，第四个是后来增建的。不过还有一部分土地没用完。但是佛罗里达州环境法规的变化，让迪士尼高层担心土地如果不投入使用，州政府可能会收回。为了避免浪费，迪士尼高层找到一位"牛人"，并用老爷子的梦想感化此人，于是庆典小镇投入建造。

庆典小镇投入使用之后，场面一度火爆，开发商不得不"摇号"卖房。

庆典小镇之所以能够名声大噪，很大一部分原因归于其背后的迪士尼。因为人们会有这样一种想法：一旦他们的小孩在那里成长，生活将是快乐的，一切会向着美好发展。

通常迪士尼小镇都是由一条笔直平坦的"大街"进入主园区。对比美国的"大街"，上海迪士尼小镇的空间更有移步换景的妙趣，游逛路线更自由多变；有两条主动线，迂回的街巷作为补充，蜿蜒其中，空间感更为丰富。

漫步在狭窄的鹅卵石街巷的"百食香街"，置身于小小庭院中，仿佛回到了美好的旧时光。这条街不长，餐厅多为老上海石库门建筑风格，建筑上装饰了中国龙、京剧人物等元素，恰如其分地体现了海纳百川的上海城市精神。但在中式风情之余充满异国情调，举目皆是世界各地美食，展现了不同文化与民族之间的交互交融。

空气中弥漫着美食的香味，刺激着我们的味蕾。抵抗不住美食的诱惑，我们走进不远处的大食代食府。那里各式各样的快餐小吃应有尽有。鉴于我们两人口味不同，为避免不必要的争执，我跟秋说，我们各点各的。我点了一客毛血旺，加一碗白米饭，秋则点了一客小笼加一碗汤。付款的时候，那个收银的小伙子说，凭当日的迪士尼门票可以打9折，我回道，门票不在我手里，小伙子说，手机里有也行。这下可难倒压根没有迪士尼门票的我了，只能乖乖地付了全款。

说实话，那里的毛血旺价格跟外面差不多，但是内容好像少了或者是调换了不少，至少我将整碗毛血旺吃完，也没有见到一块通常毛血旺必定有的毛肚。或许一方水土养一方人，毛血旺在迪士尼小镇就是这番模样的。

游迪士尼小镇给我最大的感受是，那里的夜晚与白天有着不同的基调：白天是美国式的热情——原汁原味的加利福尼亚风；夜晚却呈现出东方的神秘——探究那些日料店时，居然出现了"千与千寻"的场景画面感。

在建筑风貌上，那里是中西合璧的，多元化的，有着中国传统的装饰纹样，也有着西方风格的建筑群落。它巧妙地将迪士尼特色元素和传统中式设计有机融合。同时，由于它的多样性，随处可遇不同的视觉惊艳，游逛乐趣也大大提升。

此前，某旅游网站发布《2017特色旅游小镇消费报告》，选出了国内最受欢迎的十大特色旅游小镇，当时开业刚满一年的上海迪士尼小镇榜上有名。对于这座"清新乐园"而言，这也算是一种"实至名归"。

致敬，新天地

文/原 群

　　朋友从北京来，抵沪的翌日，就提出去新天地品味浓厚的海派文化底蕴。

　　新天地是以上海独特的石库门建筑旧区为基础，以中西融合、新旧结合为基调，将上海传统的石库门里弄与充满现代感的新建筑融为一体，展现上海历史文化风貌的都市旅游景点。很多国际大牌商铺纷纷进驻，是一条具有国际水平的餐饮、商业、娱乐、文化的休闲步行街。

　　漫步新天地，仿佛时光倒流。这片占地三万平方米、建筑面积六万平方米的石库门建筑群，保留了当年的砖墙、屋瓦。放眼望去，脚下是青砖铺就的步行道，两旁是红青相间的清水砖墙。厚重的乌漆大门，雕着巴洛克风格卷涡状山花的门楣，透着浓浓的老上海历史风情，把人仿佛带到了上世纪20年代。一种悠然、惬意的情趣，一种对历史建筑的尊重和欣赏在心底蔓延。

　　然而，走进建筑中，又是一番天地。原先的一户户隔墙被全部打通，呈现出宽敞和亮堂，四季如春的中央空调，欧式的壁炉、沙发与东方的八仙桌、太师椅"相邻而居"，酒吧、咖啡室与茶座、中餐厅和谐搭配，墙上的现代油画和立式老唱机悄声倾诉着主人的文化品位。门外是风情万种的石库门弄堂，门里是现代化的生活方式。一步之遥，恍若隔世，真有穿越时空之感。昨天、明天，仿佛都约在今天，历史沧桑与现代时尚在新天地得到了完美结合。

　　而精彩纷呈的街头表演、新意迭出的时尚活动，为新天地带来富有动感的现代风采，使其成为现代潮流的领跑者。

　　新天地坐落于上海黄金地段的商业中心城区，与淮海路、黄陂南路、马当路交汇，地理位置极其优越。每当夜幕降临时，摇曳的风姿、动感的节奏和夜光杯，让人不得不爱上海这座城，细细品味醇厚的海派文化。

　　新天地分为南里和北里两个部分。北里由多幢石库门老房子组成，并结合了现代化的建筑、装修和设备，化身成多家高级消费场所及餐厅，菜式主要来自法国、美国、德国、英国、巴西、意大利和日本，充满国际元素。

　　南里建成了一座总楼面积达两万五千平方米的"游购娱"中心，除了来自世界各地的餐饮场所进驻以外，还有年轻人最喜爱的时装专门店、时尚饰品店、美食广场、电影院和极具规模的一站式健身中心。

　　南里和北里的分水岭，是中共"一大"会址所在地。

　　新天地原址是太平桥地块，这里聚集了旧上海的石库门小楼，可以说是旧上海的棚户区。海派小市民文化就在这些石库门里弄诞生和延续。

　　随行的一位建筑业老法师介绍：石库门建筑是上海历史的见证。由于石库门历经百年，在缺乏保养的情况下，外部及内部建筑已变得破旧不堪。

　　1996年，当地政府决心大力改造太平桥地区的旧城，邀请了香港瑞安集团参与重建。1997年年末，瑞安在规划地块开发程序时，一反开发商们先开发住宅再开发商业设施的做法，毅然决定先做新天地广场商业项目，以中西合璧、新旧结合的海派文化为基调，将上海特有的传统石库门旧里弄与充满现代感的新建筑群融为一体，创建既具传统风貌，又具现代化功能设施的聚会场所，提供餐饮、零售、娱乐、文化及服务式公寓等设施，增加露天茶座及酒吧、广场表演和步行街等特色。正是这种特立独行的崭新理念，改写了石库门的历史，给本已走向颓败的石库门注入了新的生命力。

　　瑞安集团为动迁这个地块上居住的近2300多户、逾8000居民，花费了超过6亿元人民币。瑞安考虑未来经营场所的需要和功能，对这些原来是住宅的建筑，像修剪大树枝叶似的做出有条理的改动。拔去几幢房后，淹没在弄堂内的一座漂亮的荷兰式屋顶石库门建筑便跃然而出。拆去违章建筑，市区不多见的弄堂公馆便重见天日。这样，被保留下来的旧建筑各呈特色，仿佛一座座历史建筑陈列馆。

　　保留下来的石库门由于年代较早，加之过度使用，很多已面目全非，部分需要重建。

　　为了重现这些石库门弄堂昔日的风韵，瑞安到处寻觅，最终从档案馆找到了当年由法国建筑师签名的原始图纸，然后按图纸修建，整旧如旧。石库门建筑的清水砖墙，是这种建筑的特色之一，为了强调历史感，瑞安决定保留原有的砖、原有的瓦，将之作为建材。在老房子内加装了现代化设施，包括地底光纤电缆和空调系统，确保房屋的功能更加完备，同时保存了原有的建设特色，正好达到了"整旧如旧"的目的。

　　一个"旧"字，代价远远超过了新砖新瓦，瑞安专门从德国进口一种昂贵的防潮药水，像打针似地注射进墙壁的每块砖、每条缝。在屋顶铺瓦前，先放置两层防水隔热材料，再铺上注射了防潮药水的旧瓦。

　　石库门旧房是没有地下排污管、煤气管等基础设施的，新天地每幢楼都要挖地数米，

部分深达九米，铺埋地下水、电、煤气管道、通讯电缆、污水处理、消防系统等。旧房不拆，挖土机开不进作业现场，施工难度相当大。铺设自来水管、煤气管道的工人，皆小心翼翼，以免不小心碰坏了"文化"。有些旧楼内部的木料已腐朽，内部结构须全部重做，凡是能保留下来的则会千方百计保留下来。然而，安全仍是开发商的第一考虑：建筑结构的坚固程度，能否适应经营场所消费者川流不息的情况？为此，新天地不惜代价修复旧石库门，不仅做到形似，更注重神似，不是简单修复，而是更高层次的改造。

新天地里的酒吧街，是欧式风情酒吧群，海派风格浓郁。临近傍晚，这里更是弥漫着浪漫的欧式风情。露天酒吧、咖啡吧颇受年轻一族和老外欢迎。

谭咏麟、成龙等百位香港明星经营的"东方魅力餐饮娱乐中心"，是明星文化结合餐饮的创意典范，是追星族与偶像交流的场所；中国台湾著名电影演员杨慧珊经营的琉璃工房主题餐厅，让游客宛如在七彩水晶宫用餐；法国餐厅的巴黎歌舞表演和地下酒窖餐室令人神往；日本音乐餐厅夜夜摇滚绕梁不绝；巴西烤肉餐厅南美风情表演热情似火……

我们一行走进设在新天地里的"屋里厢博物馆"。"屋里厢"是地道的上海话，意思是"家"。"屋里厢博物馆"由一幢石库门老房子改造而成，按照上海上世纪20年代里弄单元的一户住户为模式，以六口之家的虚拟故事，展示上海独特的石库门建筑文化，重现当年上海人的生活空间和生活方式，让参观者身临其境地体会上海弄堂情结。

朋友指着Oreno"俺の法意餐厅"的店招说，Oreno"俺の法意餐厅"在日本是超人气排队餐厅，有32家分店。在这里，用上好的食材、亲民的价格，便可以品味到来自法国、意大利米其林星级餐厅的主厨料理。随行的老法师插嘴道，这家Oreno"俺の法意餐厅"是小南国集团引进的，旨在将高档美食以平易近人的价格带给更多的消费者，以高级餐厅1/3的价格赋予顾客高品质的平价餐饮，在业界掀起了革命。餐厅同时将日本的"立食文化"引进中国，兼顾文化差异和顾客体验，仅把部分座位划为站立用餐区，带来耳目一新的餐饮体验。

人们总是喜欢怀旧，这是一种情结，也是一种文化。回忆往往深藏于人们心中，从不轻易流露，但新天地广场的Starbucks咖啡店却是一个世外桃源，来访的客人要如何拒绝这份久违的感动？新天地店内无处不散发着古典与现代相结合的怀旧

气息。这是一种时尚，更是一种经典，只有时间才能累积的历史沉淀。

　　这份经典不是用眼睛能看出来的，而是要用心去体会的深沉。当你喝着香醇的咖啡，听着优美的音乐，任思绪在历史与现实中穿梭时，谁还能说新天地的Starbucks仅仅是一家咖啡馆呢？当你一踏进新天地的Starbucks，就会惊叹西方现代与东方古典近乎完美的碰撞，而你所要做的就是点一杯咖啡，找一个舒适的角落，去慢饮这醉人的浪漫。

　　暮色四起，华灯绽放。新天地南里的公共艺术装置"吻之树"下人头攒动。自2013年以来，每逢圣诞，都会有无数的游客慕名而来，以独特的方式点亮圣诞树，即"亲吻"，这些吻可以来自情侣、亲子。有真情实意流淌，便是美好。

　　据说，这个结合了科技与人文的互动灯光作品，不断传达着"爱与关怀"这一圣诞真谛，并见证了无数个冬夜里的温暖故事。有统计说，四年以来，共有数万名参与者在树下以拥抱、亲吻的方式来表达他们的情感，"吻之树"也成为每年冬天上海城中的热门话题之一。

　　"吻之树"点亮的不仅是壮观的景象，更强调了人与人之间的触碰和联系。据介绍，参与者每献出一个吻，就会代表上海新天地捐出一笔善款，用于帮助残疾儿童并培养其在艺术领域的才能。新天地希望能与沪上市民一起，通过"吻"这一举动，将爱心传递，使更多拥有天赋的孩子可以实现他们的艺术梦想。

　　当朋友听到，"吻之树"项目累计募集了数百万元人民币，已投入到各地的公益项目中，这个数字在2020年年底前有望达到1000万元时，不无欣喜地说，上海真是一个有温度的城市。夜色中，朋友虔诚地在"吻之树"下深深鞠了一躬，由衷地说：致敬，新天地。

初识田子坊

文/田 烨

　　入夜，春雨绵绵，华灯初上，田子坊一片璀璨。上海本是不夜城，灯光下，人影幢幢，在五颜六色的逼仄小巷里摇曳着，比白天更显热闹。

　　知晓田子坊，缘于在马未都博客上读过的一篇游记《在上海田子坊》，他对田子坊的评价不错，我便心生造访之意。到了田子坊，才发现田子坊就是在石库门的里弄里开发出来的一片商业休闲区。

　　田子坊位于泰康路210弄。泰康路是打浦桥地区的一条小街，上世纪20年代为法国扩借而来的租借地，与华人居住地区比邻。这一地段的建筑中西混杂，既有法式、英式风格建筑，也有上海特色的石库门建筑。较为丰富的是后者，形成了田子坊里特殊的历史轨迹与里弄文化。

　　由于地理位置特殊，当时介于法国与华人租借地之间的泰康路，除了流动着上层菁英人士之外，还生活着形形色色的底层群众，他们以开杂货店、小吃店、理发店、裁缝店等营生。在田子坊仅140米长的巷子里，上海人民针厂、上海食品工业机械厂、上海钟塑配厂、上海新兴皮革厂、上海纸杯厂、上海华美无线电厂"隐身"其中，与居民住宅纵横交错。石库门建筑也不再是一户一居，居民将一楼楼面分隔成好几个小型店面出租，二楼出租给外地来沪谋生或逃难的人。由此，狭小的里弄人口稠密，生活多元，形成了特有的市民文化。

1998年以前，这里还是一个马路集市。自1998年9月黄浦区政府实施马路集市入室后，对泰康路的路面进行了重新铺设，使原来"下雨一地泥，天晴一片尘"的马路焕然一新。继而，许多文化公司入驻其中，例如陈逸飞、尔冬强、王劼音、王家俊、李守白等知名艺术家的工作室，以及一些工艺品商店，为原本默默无闻的小街吹来了艺术之风。于是，小街吸引了很多老外来此寻梦中国，好奇的国人也接踵而至，步入满是怀旧气息的老街新铺。"田子坊"其名，是由当代著名国画家黄永玉先生所取，取自古代画家田子方的谐音，与文化艺术缘分不浅。

从泰康路进入田子坊，眼前的景象仿佛时光倒流。经典的老上海里弄，把我的思绪带回到上世纪七八十年代。狭窄曲折的弄堂、两三层楼的老式住房、石库门的建筑遗存、陈旧却干净的路面，还有低矮的里弄厂房等等，无一不是当年上海里弄的景象，只是多了一丝商业气息和文化韵味，而渗透其间的老上海味道，更是耐人探寻。

田子坊小巷纵横，想象中鸟瞰应是"井"字形，其实有点像迷宫，游人常常转了几个弯，恍然发现这块地方已经逛过，于是再换个方向走去。对于初来乍到的游客而言，"迷茫"反而会激发一探究竟的好奇心，田子坊也就在众人的"迷茫"中，散发着"谜"一般的魅力。

小巷内，游客熙熙攘攘。露天的吧台，弥漫着咖啡的香气，人们三三两两围坐在一起，慵懒闲散，惬意无比。一间间小门面，商品琳琅满目，陈

列颇具匠心，一个门面大抵只售一种类别的货物，比如折扇，比如丝巾，绝不掺杂其他不相干的物品。小而专，是田子坊的商品特色，小巧玲珑，零零碎碎，尤以小女子小孩子所喜物什居多。这里吃喝玩乐的小店一应俱全，五湖四海的手工艺品随处可见，由老式厂房改造成的工作室有了艺术的熏陶，别具韵味，"人民公社"里飘出爵士乐的悠扬，小小的广场成了休闲的天堂，点上一海碗卡布其诺，配上插着柠檬片的冰镇卡罗拉，喝的是流年，聊的是风月。

在田子坊购物多无目的性，随逛随购，逛大于购，睹物有缘则购，所购之物除衣饰外大多与生活必需品无关，属"有更好、无亦行"之物，小资情调浓浓。故放眼望去，尽是红男绿女。在这"店铺连着店铺、商家挨着商家"的小小天地，依然有很多居民生活在这里，说它是商业区，却是个地道的民居里弄，有着绕不开的烟火气，可说它是居民社区，它又完全是个充满创意设计的商业街区。

游走于灯红酒绿之中，难免发思古之幽情。这里曾是穷街陋巷吗？那么原来住这的居民来此，会追今抚昔而喜洋洋吗？这里曾有殷实人家吗？这里门挨门窗对窗，邻里无间，成全了多少对青梅竹马？或许，这里更适合下着蒙蒙细雨，在小巷深处，与款款走来撑着油纸伞的丁香一样的姑娘相遇，再看着她飘然远去。

田子坊虽然貌似欧洲小镇，但其实质精神还是中国的，比如第一家吸引我的卖瓷器的店铺，中式装修，小小的天井用鹅卵石铺就地面，用方砖铺成窄窄的甬道，靠着墙边的是一排齐腰的货架，上面摆满瓷器。最为巧妙的是，在货架前能让人驻足的地方，贴心地铺就了两块莲花状的垫脚石砖。轻轻踏上莲花，细细观赏各色瓷器，欢喜由脚下生起，内心变得平静安详。

田子坊里，店面都不大，外面看上去有些老旧，但内部装修却很时尚。

许多商品具有原创性，绝无大路货，当然价格也是相当的高。小店的店名都很有品位，雅而不俗。在店牌设计上各有奇思，自成风景。

在巷间行走，一家皮具店映入眼帘，我本未在意，但是其原生态的布设还是引得我不忍离去。店内有各式各样的笔记本，牛皮封面，手工纸做的内页，很喜欢这种质朴的感觉。我选了一本小小的牛皮本，想象在旅途中把它带在身边，写写画画，记记账。一来牛皮封面质地柔软，便于存放，二来厚实的手工纸，质感很是贴近旅行的率性。

不经意间抬头，看到小店的墙上悬挂了很多书签，在一页花纹为底的书签上，只见黑字写着"为卿采莲兮涉水"，心中微颤。继续寻找，找到了"为卿夺旗兮长战"，大为感动。遂找下去，"为卿遥望兮辞宫阙""为卿白发兮缓缓歌"。原来，我并不了解这首辞，只觉着连起来吟诵，感人肺腑。

回家后查了下，也没找到确切的出处，权当是楚辞吧。小店的门口桌子上摆放着好几本留言簿，有位顾客留言道，在这样的纸上写字很幸福。为什么会幸福，是因为手工制作的缘故吧。人们用智慧和灵巧双手创作出来的物件，沉淀着时间的温暖，饱含情感与心思。就像妈妈做的饭菜，即使是粗茶淡饭，也能让人齿颊留香；就像爸爸做的风筝，再简单原始，也能让童年充满欢乐。

随着周末涌动的人潮，我徜徉在里弄小街上。进意大利餐馆吃披萨饼、坐在露天茶馆品茗，欣赏久违的夜色美景，感受曾经的沧海桑田。亲切、温馨和嘈杂，浪漫、悠闲和奢华，叫人流连忘返，难以割舍。那是都市风情在城市角落的遗存，是对于陈年记忆的回味，是那个夜晚留给我的难忘印象。

春雨，轻轻柔柔洒落在田子坊的弄堂里。透过雨帘，我仿佛看到司马迁在长安某个院落冥思苦想。良久，说：子击逢文侯之师田子方于朝歌，引车避，下竭，田子方不为礼。子击因问曰：富贵者骄人乎？且贫贱者骄人乎？

那一天，田子方的名字被载入史册。司马迁与田子方熟悉吗？非也！他也只是

听说在春秋战国时期，宋元君命朝臣作画，众大臣即刻提笔，只有田子方一人回到家中，备好水墨脱下衣裤席地而坐，天然成画，于是，有人认为这是实实在在的画作。"脑洞大开"的田子方一举成名，被司马迁收录在《史记》中。

行走在里弄，沐浴着细雨，听不见老外叽里咕噜的言谈，更听不见朝歌中田子方与魏文侯的对话，熙熙攘攘的人群淹没了欢声笑语。

我细细品味着里弄的每一块方砖，每一片残垣。在那些陈旧的墙体夹层，找到了一个个关于上海滩的故事。雨幕下，我看见一对年轻的外国夫妇，坐在街道一角的茶社。他们躲在雨棚下，甚是悠闲……

曾经的老上海市民聚集区，有的是简单而局促的建筑，如今却是人潮如织而富有小资情调的里弄，世界各地的人们来这里寻觅上海石库门，淘着珍奇艺术品，然后，欣然离去。

田子坊的美不张扬，不外露，不肤浅。其，美在内敛，美在涵养，美在品质。无怪乎，引得各国游人纷至沓来。

迷失1933

文/郭　桦

　　随着电视剧《夏至未至》的热播，男主角傅小司举办新书签售会的取景地"1933老场坊"，火了一把。"追"完电视剧，趁着初秋乍凉，我和男友云飞带着满满的文艺情怀，踏访了这座"耄耋"老地。

行走在"迷宫"

　　距离海伦路地铁站不远的溧阳路，有一方形建筑，伞状立柱，花格外墙。"19叁Ⅲ"，我们俩在门前驻足了片刻，仰视着银字楼牌，期待里面的未知世界。

　　一进门，"水泥灰"三个字就从脑海"跳跃"出来。不似寻常建筑，没

有涂料粉饰，没有瓷砖包裹，这里保留着钢筋混凝土的原始气质。我所在之地，像一个巨型天井，上不封顶，抬头可见云天。纵横交错的楼梯廊桥，带着艺术般的弧线，交织出丰富的层次。"酷！"我忍不住喊出声。云飞露出"不屑"的神情，"鄙视"我的"不淡定"。不过，他倒显得比我着迷：靠近墙，伸出手，抚摸着墙面的纹理，像在阅读一本好书；时不时以手背轻轻敲打墙面，像在等待墙那边的回音。

"1933"的楼梯不是直来直往的，而是呈螺旋状。楼梯不宽，一个人通行比较合适。走在充满雕塑感的路上，捕捉着或明或暗的阳光，我像是回到青葱岁月，快乐地拾级而上。回头望去，云飞的踪影早已消失在这解不开的"弯弯绕绕"里。走过坡道，穿过廊桥，爬过旋梯，我已不清楚自己置身几楼。探头往下看去，有那么一瞬间，似乎看到了云飞的橙色衣服一晃而过，再看一眼，人又不见了。

"云飞……"我有些等不及，朝下喊了两声，却无人应答。一边抱怨他走得太斯文，一边折返去寻他。"折返"了一会儿，发现这路不太对劲，不像来时的路。弯来绕去，竟绕不回去了，尤其在一些岔路口，根本无从"下脚"。拿出手机准备呼叫，恰巧收到云飞的来电。"喂？我在三楼。没看到你这'飞毛腿'啊？""我想去接你的，不过迷路了……"本来想收到一两句安慰，怎料话筒那头传来一阵没心没肺的笑声。

笑声还越来越响，就像在耳边。我气得一扭头，竟撞见一抹"亮橙"！"云飞，你搞'偷袭'？""这里就是三楼啊，我一直在找你。"我朝他瞪了两眼，心里却乐呵呵的。

这次，我老老实实跟在他身后，和他步调一致，慢慢走，慢慢看。外方内圆，高低错落，无梁楼盖，廊道盘旋，宛若迷宫，却又次序分明……"1933"的灵性，其实就在这步履之间，只有安静的心才能体会。

"你能想象这里曾经是屠宰场吗？"对于他的问题，我诚实地摇了摇头。来此之前，我模模糊糊听到过关于这里的一些历史：1933老场坊的前身是上海工部局宰牲场。1933年，由工部局出资兴建，英国著名设计师巴尔弗

斯设计，中国当时的知名建筑营造商建造。我习惯性地会把"屠宰场"与血腥、脏乱联系在一起。而"1933"完全颠覆了我对"屠宰场"的印象，它有着说不出的奇特美。

"欢迎光临'牛道'！"云飞站在一个路面粗糙不平的斜坡上，绅士一样欠身伸手，做出邀请的动作。牛道，牛走的道？很"牛"的道？"不，准确地说，是当时动物行走的路，为了人畜分离而设计，还带防滑功能呢！与我们之前走过的廊桥是配套使用的，很国际化的生产工艺哦。"他的功课做得比我充分嘛，连这种"冷知识"都能脱口而出。

我故意睁大充满求知欲的眼睛，看他还有什么"经纶"。他指着一面墙，煞有介事道，这栋楼采用的全部是英国进口的混凝土结构，墙体有半米厚，两层墙壁中间是中空的，可以防暑。话音未落，我已环顾四周，似乎感受到一股无形的凉凉的惬意，正在"迷宫"游走。多妙的人造空调啊！先人"智慧"！

天台有"花语"

伴着轻快的脚步，我们发现，"1933"并非只有"水泥灰"，在很多不经意的角落，有绿藤低垂，有虹光闪烁，有乐声轻扬，有美食飘香。它早已成为文创者的栖居地。

在"Canil狗窝"咖啡厅，泰迪、约克夏、雪纳瑞……我们受到了"狗狗服务员"的热烈欢迎。在Fomula Pilota赛车爱好者俱乐部，我们体验了"超跑"，假装自己在F1赛道驰骋。路过"牛市"中餐厅，中国古风拂面而来，想象着大厨正在烹制美味佳肴。在微剧场门口，我们看到了即将上映的新剧的海报，于是安排起下次旅行的节目……

"累吗？进去歇歇脚吧。"云飞为我推开了四楼咖啡馆的店门。"不是刚在'狗窝'喝过咖啡吗？"我有点纳闷。他不语，笑着把我拽了进去。茶香花香沁人，老樟木箱改造的桌子、工业风的椅子、精巧可人的"多肉"，让我眼前一亮。是我喜欢的"腔调"！蓦地，脚步变得自觉起来。

哇，里间还有阳光房！秋日晴好，阳光倾落。有人晒着太阳，翻着书。有人嗅着花香，玩着"自拍"。有人在谈天说地。有人在闭目养元。桌桌客满，很是热闹。

回到外间坐定，一个老板模样的人走了过来，礼貌地问："两位要喝点什么？我们这里花茶不错！"咖啡馆主推花茶？有意思！不过，这儿花花草草还真不少，我猜想店家多半是个爱花人。反正咖啡已在别处喝过，不如应个景，来壶花茶。

茶上桌了。揭开壶盖，一股淡淡的香气弥漫鼻尖。细细数来，里面有玫瑰、千日红、茉莉，还有几种报不上名字的花，入口微甜，连云飞都喝得挺来劲。"这可是女士茶，你也爱喝？"我逗趣道。没想到他十分"厚颜"："你不知道，男士也要美容的吗？"欢愉在空气中传递。

悠慢的下午茶时光，我们品尝了华夫饼、榴莲千层。热乎乎的华夫饼，铺满坚果碎、巧克力酱、棉花糖，咬一口，顿有"被治愈"的感觉。榴莲千层卖相水灵，一上桌，还惹来"不速之客"——老板向店员多要了一个勺子，认认真真和我们"共享"起来。

"好吃到连我自己都没能忍住。"老板用纸巾擦拭着嘴角的奶油。我和云飞没好气地要求补偿。吃人嘴短，奇葩老板允诺专程陪我们去天台赏花。

沿着铁艺楼梯而上，一个超大的露天花园映入眼帘，绿得盎然，红得娇艳。可爱的"多肉"，舒展着，萌发着；缤纷的月季，怒放着，娇羞着……哇，这是要把整个春天送给我们的节奏啊！

"这里有600平方米……"老板瞬间化身艺术大师，向我们介绍这满园大作的创作背景和心路历程。这里有上千种植物，单单月季就有上百个品种。现在是初秋，许多植物的花期都过了，颜色已经单调了不少。他建议我们，明年春天，一定要来看看"百花齐放"。

在天台，我们还遇见了一些"有故事"的花草。老板指着一棵枸杞树，告诉我们，这植株的树龄已有五十年，是他走过一幢正在拆迁的房屋时，从快要被夷平的泥土里"拯救"出来的。花园里，有三株洁白的雪柳，

是他独自驾车前往浙江的苗圃选购而来的。还有一些植物另有主人，由一些家庭认养，上面挂着祝福卡片，十分温馨。

花丛中留影的人不少，年轻女子尤其多，争相在花样的年华，留下花样的记忆。老板也没闲着，给我和云飞选景、拍照，俨然贴心的写真摄影师。天台有风，柔柔地吹起刘海。天台有光，灿烂但不刺眼。我和云飞，傻傻两个人，被映在了镜头里，刻进了"1933"的时光里。背后，是如洗的碧空，和北外滩码头上轮船的汽笛声……

"云飞，你说天台像不像迷宫的出口？"

"哪来的迷宫，是你迷糊哦！"

好吧，我的确犯着"迷糊"，但我乐在其中。迷失1933，一种美，一种醉。

附 录
上海特色商业街（区）名单

序号	所属区	街（区）名称
1	浦东	佛罗伦萨小镇
2	黄浦	田子坊
3	黄浦	思南公馆
4	徐汇	衡山坊
5	徐汇	衡山路东段特色餐饮街区（桃江路、东平路、岳阳路、汾阳路区域）
6	徐汇	新乐路时尚街区
7	徐汇	武康路安福路慢生活街区
8	徐汇	田林路社区商业特色街
9	长宁	ART愚园生活美学街区
10	虹口	瑞虹天地 星星堂
11	虹口	1933老场坊
12	虹口	星乐汇商业街
13	杨浦	大学路创智生活休闲街
14	宝山	诺亚新天地商业广场
15	闵行	虹泉路韩国街
16	嘉定	嘭城新天地
17	嘉定	江桥老街·生活大院
18	金山	金山嘴老街
19	金山	枫泾古镇生产街
20	松江	泰晤士小镇文创休闲街区
21	青浦	尚都里
22	青浦	赵巷商业商务街区
23	奉贤	南桥镇人民中路黄金、钻石、珠宝商业街
24	奉贤	南方国际广场美人鱼休闲街
25	崇明	新崇南路餐饮街

26	浦东	昌里路休闲街
27	浦东	张家浜休闲街
28	浦东	陆家嘴96广场
29	浦东	亚太盛汇广场老上海裁缝街
30	浦东	上海金桥国际茶城
31	浦东	上海湾时尚休闲街
32	浦东	滨江大道休闲餐饮街
33	黄浦	新天地休闲娱乐街区
34	黄浦	老码头滨江特色餐饮、酒吧街区
35	黄浦	豫园时尚街
36	黄浦	云南路老字号美食街
37	黄浦	雁荡路休闲文化街
38	黄浦	茂名南路定制服装街
39	黄浦	北京东路生产资料街
40	黄浦	福州路文化用品街
41	黄浦	豫园老街
42	黄浦	绍兴路文化街
43	静安	吴江路休闲街
44	静安	陕西北路服饰街
45	静安	阳曲路餐饮特色街
46	静安	青云路眼镜街
47	徐汇	天钥桥路休闲餐饮街
48	徐汇	宜山路建材街
49	长宁	虹桥南丰城丰尚街
50	长宁	仙霞路美食特色街
51	普陀	梅川路休闲商业街
52	虹口	多伦路文化名人街
53	杨浦	金储休闲广场
54	宝山	牡丹江路北翼服饰街
55	闵行	上海老外街
56	闵行	七宝老街

57	闵行	十尚坊休闲餐饮街
58	嘉定	州桥老街特色商业街区
59	嘉定	新源路餐饮特色街
60	嘉定	曹安路专业市场特色街
61	嘉定	南翔老街
62	松江	松江松东路饮食文化街
63	青浦	朱家角镇北大街
64	奉贤	奉浦餐饮娱乐休闲街
65	奉贤	人民南路服饰街
66	浦东	上海迪士尼小镇
67	浦东	奕欧来上海购物村

附

录

后　记

　　上海，因商而兴。自开埠以来，上海的城市发展便与南来北往、海纳百川的海派商业息息相关。老外街、大学路、思南公馆……在繁华的商业业态中，纵横交织的特色商业街区，以其独特的存在，讲述着申城故事，演绎着海上传奇。本书聚焦上海市商务委员会推选出的67个"上海特色商业街区"，粹选其中28个特色鲜明、发展成熟的街区，进行了走访、探寻。全书以散文的笔触，通过生动的人物、鲜活的故事，突出不同街区的不同性格，旨在向读者传递海派精致生活理念，展现国际消费城市的商业之美。本书的编撰工作得到了上海市商务委员会副主任孔福安和各区商务部门的大力支持，在此表示感谢。

图书在版编目（CIP）数据

最美街区：上海特色商业街区探寻 / 《主人》编辑
部编. ——上海：上海三联书店，2019.8
　　ISBN 978-7-5426-6615-4

　　Ⅰ．①最… Ⅱ．①主… Ⅲ．①商业街—介绍—上海
Ⅳ．①F727.51
　　中国版本图书馆CIP数据核字（2019）第146291号

最美街区：上海特色商业街区探寻

编　　者 / 《主人》编辑部

责任编辑 / 程　力　陆雅敏
装帧设计 / 姚　璐
监　　制 / 姚　军
责任校对 / 徐　峰

出版发行 / 上海三联书店
　　　　　　（200030）中国上海市徐汇区漕溪北路331号A座6楼
邮购电话 / 021-22895540
印　　刷 / 上海展强印刷有限公司

版　　次 / 2019年8月第1版
印　　次 / 2019年8月第1次印刷
开　　本 / 710×1000　　1/16
字　　数 / 150千字
印　　张 / 9.75
书　　号 / ISBN 978-7-5426-6615-4/I·1494
定　　价 / 42.00元

敬启读者，如发现本书有质量问题，请与印刷厂联系：电话021-66366565